鬼の頭領様の花嫁ごはん!

おうぎまちこ Machiko Ougi

アルファポリス文庫

https://www.alphapolis.co.jp/

目次

序　姫、鬼のことは知らず

京の都で人間と鬼との争いが水面下で繰り広げられており、人々が怪異に悩まされることも少なくなかった時代のこと。

十五年近く前、鬼の頭領である酒呑童子《しゅてんどうじ》と武将・源頼光《みなもとのよりみつ》が熾烈な争いを繰り広げ、人間側の勝利に終わった。

以降、鬼達は沈黙した。

鬼との戦いを終えた人間達だったが、権力者である藤原《ふじわら》氏は、氏族《しぞく》内で苛烈な長者争いを続けていた。

そんな中、大半の貴族や庶民達は束の間の平和を享受していた――はずだった。

だが、実際にはまだ鬼達は裏で暗躍を続けていたのだった。

第一話　姫、鬼に攫われる

分厚い灰色の雲が空の上を覆う。ちらちらと雪が降り始め、咲き立ての椿の花の上に積もり出した頃のこと。

とあるうらびれた邸宅では、一人の姫が、御簾《みす》どころか格子《こうし》の外へと出て、畑の前で作物の様子を観察していた。

「雪で枯れちゃうかしら？　ごめんね、育ててあげられなくて」

庭にむせ返るような土の香りが溢れる。

腰まで届く射干玉《ぬばたま》色の髪の持ち主の名前は、あやめ姫。

雪に負けないぐらい白い陶器のような肌。けぶるような黒い睫毛に覆われている可憐な瞳。瞳孔は漆黒だったが、虹彩は猫のように金色に輝いている。腰まで届く長い髪が、冬の冷たい風になびいていた。

愛くるしい顔立ちの彼女の桜色の唇がゆっくりと開くと、凍てつくような寒さでかじかむ指先に息を吹きかける。その姿は、まるで小動物のように愛らしかった。

姫だと言うのに小袿《こうちぎ》姿ではなく、庶民が纏《まと》う小袖《こそで》を纏《まと》い、褶《しびら》を腰布で巻き付けている。

一応、母の形見の単衣《ひとえ》もあるが、古くなりすぎていて、つぎはぎだらけだった。

「お母様がいなくなって、ついに最後の従者女房《ずさにょうぼう》もいなくなってしまった。今日の昼には、私も尼寺に出家ね」

大納言の娘だった母は、誰とも婚姻関係にはならず、あやめを産んだ。

相手の男が誰かは分からず、母は祖父にも祖母にも口を割らなかった。

政治的価値を見出せなくなったのか、祖父の足は自然と遠のき、祖母も亡くなり、どんどん屋敷は荒廃していった。

母は父を一途に想っていたようで、誰とも結婚しなかった。

そのため、誰からも援助のない状態での母子暮らしが続いた。

『あやめ、ごめんね。私のわがままで、貴方にまでこんな暮らしを強《し》いてしまって……』

娘のために、母は別の男性との結婚を考えた時期もあったようだった。けれども、
幼いあやめは母の気持ちをないがしろにはしたくなかった。

『お母様、お父様が好きなのでしょう？　だったら、無理に他の男性と結婚しなくて大丈夫です！　あやめは貧乏でも大丈夫ですから！』

結果、あやめは姫だったが、貧乏暮らしが板についてしまい、自ら台盤所《だいばんどころ》に立って

手料理を振る舞ったり、裁縫に取り組んだりした。

貧乏だけれど、母に愛されて幸せな日々を送っていたのだ。

けれども、母は昨年肺を患って儚くなってしまった。

想像よりも早く息を引き取ったからか、遺書なども残ってはおらず、結局のところ父親が誰かは分からずじまいのままだ。

あやめの年は十七頃。もう裳着《もぎ》はとっくの昔に終え、いつでも結婚して良い年頃だったが、夫を迎えるだけの財力を持ち合わせてはいなかった。

「貧乏だからと、花を売るよりも良い待遇だと思うほかないかしら……」

身売りをする女性も少なくない昨今、尼になれるだけでも幸運なことなのだろう。

「お母様と一緒に育てた野菜達。ごめんね、もうお別れね。それだけがちょっと気がかりだわ」

寒空の下、物思いに耽《ふけ》っていると、ふっと頭上に影が差す。

「見つけた」

突然、男の声が聞こえた。

「何者なの……!?」

もう、彼女以外は誰もいない屋敷だ。

あやめは不審に思い、声の主の名を問いただした。

外に出るのは迂闊だったかもしれない。

垣の向こうから誰かに覗かれている危険性があったというのに……

賊か何かが現れたのかもしれないと、あやめは身構える。

「俺がずっと探していたのは、お前だ」

官能的な声音を耳が拾う。

ぞくぞくとした感覚が背筋を這い上がってくる。

「誰……？」

あやめが見上げると、そこには長身痩躯の美青年が佇んでいた。

サラサラと風になびく赤みがかった黒髪に、同じく弓なりの美しい眉。切れ長の瞳。

すっと通った鼻梁に、薄くて整った唇。

この世の者とは思えない美貌の持ち主だ。

彼女の頭二つ分ほど身長が高く、細身に見えるが程良く筋がついてがっちりしていた。

束帯《そくたい》姿の彼は、禁色であるはずの紫色の袍《ほう》を纏《まと》っていた。脇には金の豪奢な飾りが施された太刀《たち》が吊り下げられている。

（武官貴族？　だけど、どうして私の邸宅に現れたの？　近くに馬も牛車もいないようだし）

女性ならば誰もが見惚れてしまいそうな色香を放つ相手に対し、思わず目がくらんでしまいそうになる。

同時に、恐怖で背筋がぞくりと震えた。

「間違いない、お前だ。ずっと探してたんだよ。頼光の奴、よけいな術をかけやがって。黄金の瞳だなんて珍しい女、すぐに探せると思ってたのに、十数年かかったじゃねぇか」

男の声音には、どことなく不機嫌さが滲む。

話し口調もどことなく乱暴な物言いだ。

「あの、貴方は？　……っ」

問いかけながら、ひゅっと息を飲んでしまった。

自分も人のことは言えないが、相手に人ならざる特徴を見つけてしまったのだ。

（何？）

見間違いかと、何度か目を擦《こす》ってみたが、どうやら現実らしい。

じわじわと恐怖に近い感情が背中を這いずってきた。

（まさか……）

もう一度、相手の頭に目をやる。

そう、常人とは違うもの――角が頭部に二本生えていたのだ。

彼の瞳が、血のような深紅に染まる。

「見て分からねぇのか。鬼だよ、鬼」

やれやれと言った調子で返される。

「鬼？　だって、貴方は人間の見た目をしていて……」

「そりゃあ、母親が人間だからな。確かに普通の鬼達は、もっと肌の色から奇抜だもんな」

あやめは思わず自身の手をギュッと握りしめ、祈りの形へと変える。

（半分鬼で半分が人間、そんな人がこの世に存在するなんて）

すると、彼の唇の端がゆるりと吊り上がる。

「そういえば、名前を教えてなかったな？　俺の名前は鬼童丸《きどうまる》。俺のことは知らねぇかもしれないが、俺の父親のことは知ってるかもしれねぇな。酒呑童子って聞いたことあるだろう？」

――鬼。

――酒呑童子。

――鬼童丸。

京の都から見て北西にある大江山《おおえやま》には、数十年前から酒呑童子と呼ばれる悪鬼が住んでいたという。鬼の中でも最強の強さを誇ると噂されており、悪事の限りを尽くす彼は、見かねた武将・源頼光の手によって十五年近く前に調伏された。

この戦いはとても凄惨なものだったという。

こうして、酒呑童子の息子である鬼童丸といえば、父に次ぐ強大な力の持ち主だと人々の間で恐れられていた。

(つまり、今の鬼達の中では一番強いはず)

ちなみに、武将・源頼光は当時失踪したと伝わっている。

この十年ほど、鬼達は派手な動きを制止していたという話だったのに……

「さあて、話は後だ。行くぞ」

すると、姫の手首をぐいっと鬼が掴んできた。

「待って、行くってどこに⁉」

「そりゃあ、俺の住む屋敷だよ。大江山に居を構えている。ここより綺麗な良い場所だよ」

「どうして⁉」

「どうしても何も、頼光の馬鹿が俺におかしな呪いをかけてきたせいで、お前を喰わねぇと生きていけねぇ体質にさせられたんだよ」

――喰う。

恐るべき単語が相手から飛び出してきた。

「私を喰う？　どうして私が？」

声が震えた。

まさか、鬼に喰われないといけないなんて……

「何でわざわざお前なのかまでは知らねぇよ。だけど、猫みたいな不思議な瞳を持った女は、国中探してもお前しか見つからなかった。それに……」

彼が続ける。

「確かに、旨そうだ。やたらと血が騒ぐ」

舌舐めずりする相手の様子を見て、あやめの身の内にいよいよ恐怖が襲ってきた。

あげく、打ちつける波のような怒涛の展開に頭がついていけそうにない。

「説明は済んだな。ほら、さっさと行くぞ。お前は俺に喰われる宿命なんだよ。さっさと諦めろ」

「きゃっ！」

強引に手を掴まれて、あやめはハッと正気を取り戻す。

このまま恐怖に震えていても、相手に喰われるだけだ。

身売りしなくて良かったとは思ったが、鬼に頭からバリバリ食べられて死ぬのは嫌だった。

それ以上に……

「待ってください！」

「ああ？　てめぇもたいがいしつこいな」

相手の言い方は怖かった。

だけど、ここで命を相手に簡単に手渡したくはなかった。

「もしここで私が死んじゃったら、死んだお母様が一人になってしまいます！」

「見たところ、お前一人しかいねぇだろうが？　母親なんてどこにも……」

「だからこそです！」

「は？」

「亡くなったからこそ、私が死ぬわけにはいかないのです。私まで死んだら、お母様のことを覚えている人が一人もいなくなってしまいます。宿命なんて知りません。私にとっては一番大事なことなのです！」

　鬼童丸が目を見張った。

　血のように紅い瞳が、寂しげな夕焼けの空のように揺らめいた。

「お母様の弔いをしてあげられるのは、もう私しかいない。皆いなくなってしまいました。だから、出家して、極楽浄土で幸せになれるよう祈願して、何よりも私が生きて忘れないでいてあげたいのです」

　あやめは、鬼に向かって凛とした態度で告げる。

「お前は……」

　鬼童丸が眉を顰《ひそ》めると、何か言いかけたまま口を噤《つぐ》んだ。

　あやめが話を継ぐ。

「それに……」

「何だ？」

「私は骨と筋ばっかりで、食べても美味しくありませんから!!」

　泣く子も黙る強面《こわもて》のはずの鬼童丸は、キョトンとしていた。

「ああ？　お前は阿呆か？　俺は他の鬼達と違って……」

「煮ても焼いても、蒸しても、あえても美味しくありませんから！」

「蒸してもとあえてもは、あんまり聞かねぇな」

「漬け込んだら、意外と美味しいかもしれませんけど、とにかく、私はここで死ぬわけにはいきません」

「は……」

その時、鬼童丸がくつくつと笑い始めた。

「な、何で笑ってるんですか？」

声を上げて笑う相手の様子を見て、あやめは呆気に取られてしまう。

「意外と退屈しなさそうだって思ってな」

「退屈しなさそう、ですか？」

「ああ。それにだ、そもそも俺の場合は、別に人間を物理的には喰わなくても良くってだな」

「え？」

物理的に喰う以外にどんな方法があるのだろうか？

「まあいい」

すると、鬼童丸はあやめの顎を掴んで上向かせた。

「確かにお前の言う通り漬け込んでから、喰わせてもらっても悪くはなさそうだな」

「え？　え？　って、きゃっ……！」

漬物よろしく漬け込まれるのかと動揺していたら、あやめの視界が反転した。

「これ以上説明するのは、かったりぃ。ほら、とりあえず行くぞ」

「ひゃっ！」

突然横抱きにされた。

「ちょっとお尻触らないでください！」

「触ってねえよ！　人聞きの悪いことを叫ぶな！　ほら、飛ぶから、黙って目を閉じてろよ」

彼の足元から風が吹きすさぶ。

「何⁉　何が起こって……！」

風は周囲の雪を巻き込んで渦巻きはじめ、あやめと鬼童丸の身体の周囲を取り囲む。

「ちゃんと目を瞑ってな！」

あまりの風圧に目を開けられないでいる内に、二人して眩い光に包みこまれる。

かくして——あやめはそれまで住んでいた世界から、唐突に違う世界に飛び込むことになってしまったのだった。

第二話　姫、鬼に喰われる

「ほら、大江山についたぞ」

吹きすさぶ風の音が止んだかと思うと、鬼童丸の低い声が耳に入る。

(え?　都からかなり離れた距離の大江山に、こんな一瞬で?)

あやめが恐る恐る目を開けると、辺り一面は煙のようなものに覆われて真っ白だった。周囲はどことなく薄暗い。

カランと石が落ちる音が聞こえて、どうやらどこかの崖の上だということが分かる。

その時、揺らめく雲の合間で影が蠢《うごめ》く。

(何?)

視界いっぱいに影がひしめいた。ざわざわとした気配を感じる。

もくもくとした雲の向こうに、頭に角の生えた鬼達がびっしりと控えていたのだ。

(すごい数)

崖が崩れてしまうのではないかと心配になるほどの鬼の数だった。皆一様に、鬼童丸に向かって頭を下げている。

「おい、お前ら、出迎えはいい。この女が怯《おび》えるだろうが？　ちゃんと持ち場に戻れ」

鬼童丸の命令を聞くと、影は一斉に飛び退《しさ》っていった。

「俺の部下達が驚かせて悪かったな」

「いいえ、滅相もございません」

「山の上で、雲が降りてきてるから視界が悪いだろう？　すぐに屋敷に着くから」

鬼童丸に抱えられたまま、先へと向かう。

足元でじゃりじゃりと草履が雪や石を踏みしだく音が周囲に響き渡った。

靄《もや》の中を抜けると、崖のような場所へと降り立つ。

どうやら雲よりも上にある場所に来てしまったようだ。

（こんな高い場所から落ちたら死んでしまいそう）

あやめは子猫のように身体をぶるりと震わせた。

すると、ちょうど靄《もや》が晴れて崖の下が視界に映る。

「わあ……！」

あやめは、鬼の腕の中にいることも忘れて、感嘆の声を上げてしまった。

眼下には広大な雪景色が広がっていた。

冬でなければ、段々畑や田園が広がっているに違いない。

雪の中、藁《わら》ぶき屋根の建物が点々と並んでいる。

家と家の間を結ぶ通路は雪が解けている場所があり、ところどころ土が露出している。道の端にはぽつぽつと椿の花が咲いていて、まるで自然の灯篭《とうろう》のようだ。更に、道の脇を雪解け水が下流に向かって、ざあざあと音を立てながら流れていっていた。

ただし、昼間だというのに人気がない……というか鬼の気配が全くなかった。

(寒いから？　それとも、鬼は人間とは違って夜行性なの？)

獣の息吹も感じず、なんとなく恐ろしいというか、寂しい印象を受けてしまう。

だがその恐怖を超越するほどの自然の美しさに圧倒される。

「すごい、こんな場所がこの国にあるなんて……」

「鬼の集落を見て驚いてるんなら、屋敷を見たら倒れちまうぞ。さて、こっちだ」

そうして、あやめを抱き抱えたままの鬼童丸は崖を引き返すと、坂道を更に上へと登り始める。わりと急な坂だが、あやめを抱えたままでも疲れないようだ。

「あのう、どこまで登るのでしょうか？」

「意外とせっかちな女だな。ほら、もう見えてきたぞ」

どうやら山の頂上付近に辿り着いたようだ。

だが、何もない場所にしか見えない。

（どういうことなの？）

すると、鬼童丸が何やら呪《まじな》いを唱え始める。

「ほらよ」

口上が終わると空間がぐにゃりと歪んで、眩暈に襲われたような感覚に陥る。

次の瞬間、あやめの目の前に、巨大な木造の建築物が出現した。

檜皮葺《ひわだぶき》の屋根が隆線を描いており、柱芯にはしっかりとした太い樹が用いられているのが分かった。昼間だというのに、半蔀《はじとみ》が全て閉まっている。

「これはいったい……」

「普段は人間に見つからないように、呪術で隠してるんだよ」

どうやら貴族の邸宅と同様に寝殿造りの屋敷のようだ。都にある邸宅達とは違って、屋敷に向かう道には炎を宿す灯篭《とうろう》が等間隔に立ち並んでおり、建物の軒先には煌びやかな提灯が吊り下げられていた。

どことなく薄暗いものの、炎のおかげか全体的に明るい色合いをしていて、とても幻想的な風景だった。

鬼童丸に抱きかかえられたまま、池に設けられた橋から中島を通った先、釣殿《つりどの》を渡る。

「お前の邸宅よりも広いだろう？」

途中、鬼童丸がおもむろに声をかけてきた。

なんとなく、子どもが自分の所持する毬や双六《すごろく》を自慢している時のような表情だ。

「はい、そうですね。だけど、そのう……」

「何だ？」

あやめは鬼童丸を見上げると、純粋に沸いてきた疑問を口にした。

「貴方は、私のことを食べるんですよね？」

「ああ」

「食べるのだったら、わざわざこんなところに連れて来ずとも、私の邸宅で食べればよかったのでは？」

「お前、あれだけ喰われるのを嫌がってたくせに、何を今更な発言してるんだよ」

鬼童丸がこれみよがしにため息をついた。

「まあ、泥のついた野菜も洗うだろ？　だから、お前をまずは綺麗にしてからだ」

「なるほど……？」

納得がいくような、いかないような……

（まあ、確かに泥のついたままの根菜類をかじろうとは思わないものね）

すると、鬼童丸が思いがけない発言を口にする。

「だから、俺が手ずから湯殿《ゆどの》に連れて行って、服を脱がせてやるよ」

あやめの胸中に衝撃が走る。

(今、この人は何て言ったの……?)

「ちょっと離してください、一人で脱げますから!」

「今しがた理由は教えたじゃねえか。お前を綺麗にするんだよ。自分で洗ったり、準備の段階から色々やった方が、仕上がった時の喜びもひとしおだろう?」

「そんなの聞いてない、きゃっ……!」

突如、あやめの腰紐を鬼童丸がしゅるしゅると解《ほど》き始めたではないか。

「な、な、何するんですか? ちょっと、やめてっ」

貞操の危機を感じて、あやめの口から怯《おび》えた声が漏れ出る。

「ああ、良いから黙って俺の言うこと聞いておけよ」

「さすがに、ちょっとそれは……!」

「お前、貴族の邸宅にいたんだから、一応姫のはずだよな?」

「そ、そうですけど!」

「そのわりには泥臭い」

「え？」

小袖《こそで》を脱がされながら、あやめはぽかんと口を開いた。

「もっとこう、都には着飾った女達が多かった気がするんだがな。お前は、なんとなくみすぼらしい。大江山に連れてくることで頭がいっぱいいっぱいになっちまって、よく見てなかった」

相手にみすぼらしいと言われてしまい、あやめの顔が羞恥で真っ赤になってしまう。

「それは、貧しかったからで……やあっ……」

あれよあれよという間に、単衣《ひとえ》姿にされてしまった。

(裸同然の格好にされてしまったわ！)

このご時世、こんな格好は心を許した夫婦でしかありえない。

あやめは両腕で胸を隠して必死に抗議の姿勢を示す。

「いくら今から貴方に食べられるんだとしても、さすがに殿方の前でこんな格好にされるのは……！」

「服着たままじゃあ、喰いづらいだろうが」

確かに服を着たまま喰ったら、鬼といえども消化するのが大変そうである。

そうではなく、一応あやめだって女性なわけだから、良からぬことをされてからバリバリ喰われてしまうのだろうか？

（それぐらいなら、何もされずに食べられた方がマシよ……！）

すると、鬼童丸の大きな手がぬっと伸びてくる。

「きゃっ……！」

びくつく彼女の姿を見て、彼がはあっとため息をついた。

「色気のねぇガキに手を出すほど、俺も暇じゃねぇんだよ」

そうして、あやめは首根っこを掴まれたかと思うと、ひょいっとそのまま浴槽へと放り投げられた。

「とにかく、女のわりには土臭いからさっさと泥を落とせ。せっかくの甘い香りが台無しだぞ。女房《にょうぼう》達には言っておくから」

「つ、土臭いって……それに、甘い香り……？　あっ……ちょっと……！」

湯殿《ゆどの》の板扉がピシャリと閉められたかと思うと、彼は姿を消した。

あやめの胸の内には、勝手に色々と勘違いした気恥ずかしさが残る。

単衣《ひとえ》姿にされたまま、広い湯殿《ゆどの》の中で一人ぽつんと佇んでいると、扉の向こう側から声がかかった。

「もし、失礼致します、あやめ姫」

すると、艶々とした黒髪に不健康そうな白い肌、吊り目がちな紅い瞳の持ち主の女性が現れた。頭の上には二本の角が生えており、どうやら鬼の女性のようだ。赤みの強い葡萄染め色の単衣《ひとえ》を纏《まと》っている。

相手は鬼童丸の屋敷に仕えている女房《にょうぼう》だろうか。

（キリリと氷のような冷たい雰囲気の女性ね。人間の女性に見えるけれど、油断したらダメ）

あやめが緊張した面持ちのまま身構えていると、すいっと接近してきた女性から、ぱっと手を取られた。

「あらあらあらあら……」

しかも、女性はキラキラと瞳を輝かせながら、うっとりとした声音で語りかけてくるではないか。

「鬼童丸様に伺っていた通り、幼《いとけな》さの残る愛らしい姫様ですわね!!」

「え？」

あやめは、相手の想定外の反応に困惑してしまう。

「鬼童丸様ったら、『土臭いから綺麗にしろ』とか何とか命じてきましたけれど……庭いじりをして、土の香りがするだけではございませんか……！　きっと照れ隠しだったのでしょうね、うふふふ！」

「えぇっと？」

鬼の女性は冷たい印象とは裏腹に異様に気分が高揚していっており、どんどん冷静になっていくあやめとの落差がとにかく激しかった。

「私《わたくし》のことは『橋《はし》』とお呼びくださいませ！　あのツンケンした鬼童丸様の元に来てくださって本当にありがとうございます！　さあさあ、お身体を流して差し上げますわね！　あらあらあら、なんて麗《うるわ》しい、すべすべとしたお肌……お羨ましいですわ！」

「わわわ！」

あやめは橋と名乗る女性の勢いに飲まれたまま――今から鬼に喰われる状況だということも忘れそうになりながら、身を清められていく。

「どうぞ、単衣《ひとえ》を脱いで浴槽に身体を沈められてください」

「単衣《ひとえ》を脱いで入るのですか？」

「ええ、そうにございます」

あやめは、湯を張った浴槽を見て面食らってしまう。

溜めた湯を桶で掬《すく》って身体にかけるのではなく、木でできた浴槽の湯の中に浸かるようだ。

（鬼の風習は、やはり人とは違うのね）

郷に入っては郷に従えという。

あやめは単衣《ひとえ》を脱いで橋に預けると、生まれたままの姿になる。思い切って湯船に湯船に浸かってみると、ほどよい熱さの湯加減で、全身に心地よい水圧を感じた。思い切って
（まるで極楽浄土に来たようだわ）

しばらく湯の中で過ごすと気持ちが良くて、そのまま眠ってしまいそうだった。

「あやめ姫、そろそろ逆上《のぼ》せてしまいますので、お上がりくださいませ」

浴槽の外へと出る頃には全身は清められており、とてもさっぱりした。

「はい、あやめ姫、新しい単衣《ひとえ》をどうぞ」

促されるがまま新しい単衣《ひとえ》に袖を通すと、木綿の生地がやわらかく肌を包みこんでくる。

（橋さんがあまりに優しく身体を洗ってくれたから、うっかり絆されてしまったけれど……もしかしたら、逃げ出す機会だった？）

しかしながら、好機は失われてしまった。

とはいえ橋の柔和な笑顔を見ていると、相手が鬼ということも忘れて、御礼を言いたくなってしまう。

「橋さん、ありがとうございます」

「いいえ、あやめ姫、こちらこそ。はい、それでは、頭領がいらっしゃる場所へと向かいましょうか」

先導する橋のあとについて、あやめは渡殿《わたどの》を進んだ。

向かう途中には鬼達が隠れており、キョロキョロとこちらを見てくるので、なんとなく落ち着かない。

彼らの視線を感じながら、寝殿の母屋《もや》の中へと進む。

板敷《いたじき》の床がギシリと音を立てる。

「頭領、あやめ姫を連れてまいりましたわ」

橋が御簾《みす》をしゅるりと上げた。

あやめが先に中に入ると、胡坐《あぐら》をかいて座る鬼童丸の姿があった。

(私を攫った鬼童丸さん)

あやめからは、ちょうど横顔が見える。赤みがかった黒くて長い睫毛が、かすかに震えた。すっと通った鼻筋に、綺麗だが男性らしい顔立ち。角さえなければ人との区別がつかないものの、この世のものとは思えないほどの美男子だ。

都にある屋敷を訪れた際の格好とは違い蘇芳《すおう》色の袿《うちぎ》姿であり、片膝を立ててくつろいで過ごしていた。瑠璃の盃《さかずき》片手に酒を呷《あお》っており、コクリコクリと喉仏が上下に動く様が官能的だった。

（私は今からこの鬼童丸さんに、酒のつまみとして食べられるのかもしれない）

あやめはごくりと唾を飲み込むと、倒れてしまわないように足裏にぐっと力を込めた。

鬼童丸が酒を飲み干すと、ゆるりと視線をこちらに向けてくる。

「ああ、やっと来たのか。おい、女、近くに寄れよ。橋は下がれ」

「女とは、私のことですか？」

「橋には下がれと言った。だったら、お前以外に誰もいねぇだろうが。それにもうここには俺達二人しかいない」

「え？　そんなはずは……」

あやめが振り返った時には、もう橋は近くにはいなかった。

ほんの瞬きの間に姿を消してしまったようだ。

「ほら、近くに寄れと言っているだろう？」

彼の側へと恐る恐る近寄ってはみたものの、それ以上どうしようかと立ち尽くしていると、急にぐわんと視界が反転した。

「きゃっ……！」

気付けば、あやめは鬼童丸から衾《ふすま》の上に押し倒される格好になってしまっていた。

「もうずっと喰えてねぇ。腹を空かせてるんだよ、俺は……」

すると、彼の端整な顔があやめの顔に近づいてくる。

（あ……）

こんなにも異性の鼻先が自身の鼻先の辺りに近づいてきたのは初めてで、あやめは喰われることも忘れて、思わず胸の鼓動が高鳴ってしまう。

あやめの眼前で、腹を空かせた鬼童丸の唇が妖艶《ようえん》に開いた。

「やっと飢えから解放されるな」

息がかかる程に近くに彼の顔が迫ってくる。

顔を避けようとして身体ごと捻《ひね》ろうにも、相手の両脚に挟まれて動けない。

（このまま食べられるの⁉）

あやめの胸の内に衝撃が走る。

相手の赤くぬらぬらとした口の中にある白い牙がキラリと光った。

あんな鋭利なものが肌に触れれば、立ちどころに傷がついてしまうだろう。

「離して……！」

「往生際が悪いな。いいからお前は俺に黙って喰われておけよ」

あやめの細首に鋭い牙が迫ってきて、いよいよ吐息を感じる距離になった。

「さて、せっかくだから、まずは……」

「きゃっ！」

あやめは心中で今の状況を嘆いていた。

怖くて思わず目を瞑る。

（まさか！　顔からバリバリ食べられることになるなんて！）

頭や手足から先に喰われるとばかりに思っていたのに……！

いよいよ喰われる。

あやめが身構えた、その時——

ぐ〜〜〜〜っ

盛大な腹の虫の音が、室内に響く。

（わ、私ったら……！　鬼の頭領に喰われそうだというのに……！）

そのかなりの大音量に、あやめは恥じらった。

どうにか制御したいのに、腹の虫は勝手に鳴り続けて落ち着いてはくれない。

止まってほしいと願えば願うほど、グーグーと音を立て続けた。

「お前は……」

あやめの身体の上に跨《またが》る鬼童丸は面食らっているようだった。

（穴があったら入りたい……！）

彼女の頬は羞恥で林檎のように真っ赤になってしまった。

しばらくすると、彼がくつくつと笑い始めた。

「こんな状況下で腹を鳴らすとは、とんだ女を連れてくるはめになっちまったな」

相手は腹を抱えて大笑いしていた。

あやめの身体の上で揺れ動くものだから、彼の振動がふるふると伝わってくる。

彼がひとしきり笑った後、彼女の身体にのしかかっていた重みがすっと離れた。

「さて、今日は寝るか」

鬼童丸の発言を耳にして、あやめは呆気に取られた。

「ええっと、私を食べる話はどうなったのでしょうか？」

「何だ、喰われたいのか？」

「滅相もございません！」

鬼童丸の問いかけに対して、あやめはぶんぶんと首を横に振った。

「お前は骨と筋ばっかりだから、もう少し肉を付けてからだな。まあ、相当な年月待ったし、今更焦らずとも俺は我慢できる。腹が空いているようだし、橋達に命じて飯でも準備させよう」

鬼童丸は、御簾《みす》を持ち上げると、向こう側で待機中の鬼達に向かって声をかける。

（状況が掴めないままだけど、とりあえず、もうしばらくは食べられる話はなし……？）

ひとまずほっとしたような？

何とも形容しがたい気持ちが胸を支配してくる。

こうして、鬼童丸が鬼の女房《にょうぼう》達に頼んで、あやめ姫のために料理を用意してくれたのだけれど、ちょっとした事件が起こるのだった。


この時代、そもそも貴族と庶民とでは食生活に大きな違いがある。

貴族の間では、仏教の教えが強く反映されていて、食事は「欲」の一つと見なされている。そのため皆の前で食事を取ることは、あまり良しとされていない。食事は庶民とは違い、一汁三菜の形が整えられている。一日二回、朝食は絶対に固粥《かたがゆ》と決まっているし、時間帯も固定となっている。

一方庶民はといえば、一汁二菜ではあるものの、労働があるため一日三回食事を摂る。白米よりも栄養価の高い玄米が主流である。

更に食事の作法に踏み込めば、正直なところ全然違うといっても差し支えない。

ちなみに、貴族は肉料理は食べないけれども、庶民達の間では根強い人気を誇っているのだ。

……同じ人間同士でもここまで違いがあるのだ。

鬼と人間では食事が違うのは当然のことだろう。


さっそく準備された料理を目の当たりにして、あやめは呆然としていた。

腹の空いた状態なら、どんな料理でも美味しく感じる……はずなのだが……

誰かがせっかく作ってくれたものを非難するのも、頭では良くないとは分かってはいるのだけれど……

「おい、女。鬼達が作る飯はどうだ？　旨いか？　一応は人間出身の橋が作ってくれたんだが」

何とはなしに鬼童丸があやめに向かって声をかけてきた。

「いつもこんな食べ物を鬼達は食べているのですか？」

「いいや。基本的に鬼は人間と同じ飯は喰わねぇ。喰うとしたら、動物の肉ぐらいだな。俺は半分人間だから、たまに女房《にょうぼう》や従者《ずさ》達が作ってくれるが……」

「貴方は、人間の食べ物をこれだと思っているのですか？」

あやめの椀を持つ手がぶるぶると震える。

「そうだろう、別におかしかねぇだろう？　どうした。もしかして、旨すぎて感動して震えてんのか？」

「旨すぎて……？」

あやめの眼前には、一般的な貴族の食事――のようなものが披露されていた。

四角い台盤《だいばん》は、漆塗りの蒔絵が描かれており、とても豪奢なものだ。

その上に、高く盛った強飯《こわいい》、カブのあつもの（汁物）、野菜の醤漬《ひしおづ》けが三種、調味料の入った四種器《よぐさもの》が並んでいた。

だが、それはしょせん体裁が整っているだけに過ぎない。

あやめは衝撃のあまり、全身を戦慄《わなな》かせると大音声で叫んだ。

「ぜんっぜんっ！　お食事が美味しくない！」

「ああ？」

白米が盛られた椀を持つあやめの手がぶるぶると震える。

「これは……強飯《こわいい》というよりも、ただのお米……！　ぬか臭いし、水をしっかり含む前に炊いてしまった感じが凄まじい……！　ご飯といったら、お口の中でふんわりするのが魅力なのに、まさかこんなにガリガリのご飯を食べることになるなんて……！」

あやめは、きっと鬼童丸を睨んだ。

「作り直しです！　台盤所《だいばんどころ》のある雑舎《ぞうしゃ》に連れていってくださいませ！」

ものすごい勢いに圧倒された鬼童丸は、「おう……」とだけ頷いたのだった。


鬼童丸に案内してもらい、雑舎《ぞうしゃ》にある台盤所《だいばんどころ》に向かう。

移動途中、鬼女の橋が現れた。柳眉《りゅうび》を顰《ひそ》めながら、あやめにおずおずと問いかけてくる。

「あやめ姫、申し訳ございません。わたくしが指揮を取って食事を作ったのですが、お気に召さなかったのでしょうか？」

「橋さん、ご飯がガッチガチに固かったのは、橋さんのせいじゃありません。おそらく保存方法の問題だと思うんです。お米は、しっかり米櫃《こめびつ》に入れて、日が当たらなくて冷たい場所においておかないと、すぐに悪くなっちゃうんですよ」

するとただでさえ生気のない顔色をしている橋の顔がみるみる蒼白になっていく。

「人のご飯を食べなくなって早《はや》うん十年《じゅうねん》……そんなことも知らずに生きてまいりました……こんなんだから、わたくしは旦那様にフラれて……！」

「わわっ、どうしたんですか、橋さん！」

橋がオンオンと泣き始めたので、あやめは必死になだめようと肩に手を添える。隣を歩いていた鬼童丸が、こそっと耳打ちしてきた。

「橋は、旦那の浮気が原因で呪いに手を出してたら、鬼になった類の奴なんだよ。自己評価が低いんだ」

あやめは鬼童丸の顔をそっと覗き返した。

「鬼は生まれた時から鬼だとばかり思っておりましたが、人から鬼になることもあるのですね」

「ああ？　まあ確かに稀だが、一般常識だろう？」

「そんなに一般的ではないような？」

人と鬼だから、やはり文化や風習には違いがあるようだ。

色々と話をしている間に台盤所《だいばんどころ》へと到着した。

鬼達が米俵に入った白米を櫃《ひつ》に移し、それを手渡してもらう。

「やっぱり、大半が古くなったものですね。今後は、なるべく暗い場所に保管をお願いします」

伝達を受けた鬼達は、人ならざる声を上げると、せかせかと米俵の移動をはじめた。別の鬼達にはたらいに水の準備をしてもらった。

あやめは小袖《こそで》の袖をまくると、さっそくお米を研ぎ始める。

「では……最初は、さっさと洗って」

橋が見に来た。

「米の洗い方にも色々あるのですか？」

「橋さん、そうなんです。最初のひとすすぎで、結構お水を吸っちゃうんですよ。ぬか臭くならないようにするには、ささっと洗う必要があります」

何だなんだと鬼の従者《ずさ》達がわらわらと集結した。

今日来たばかりの人間の姫の突拍子もない行動を、影からそっと見守っているようだ。

「研いですすいでを何度か行いますけど、手加減は大事です。あんまり強いと米が割れちゃうから注意です。よし、洗い終わりました！　冬なので、半刻（約一時間）ほど置いて、お米に水を吸わせますね」

あやめが研いだ米の入った土鍋を前にして、ふうっとため息をついていると、鬼童丸が声をかけてきた。

「何だ？　人間界では姫のくせに、お前は料理をするのか？」

鬼童丸は首を傾げながら、不思議そうな視線を送ってくる。

「ええ、姫だ何だとは言っておられませんでしたので。鬼の世界がどうかは存じ上げませんが、姫といっても一貴族の娘でしかありません。殿方に捨てられてしまえば、悲惨な末路が待っている女も多い世です」

ふと、優しい母の姿を思い出す。

『あやめのお父様のことを愛しているの。どうか、あの人を信じてあげてほしい』

まるで生娘のように、母は幼いあやめにいつも語り掛けてきた。

『でしたら、無理に他の殿方と結婚しなくても、あやめは大丈夫です』

母を元気づけたくて、いつも明るく返事をしていた。

(母様のように男性に依存しても、苦しい生活を送り続けるだけ)

心の片隅ではそんな風に思うこともあった。

「それならば、自分で活路を見出した方が良いなと思ったまでのこと。周囲からは変わり者だと思われてはおりましたが……」

「そうか」

鬼童丸が愉快な調子であやめを見ていた。

「ちょうど一刻ほど経っていますね。米を笊《ざる》に上げて水気を切って、鍋に移します。お水をだいたい米と同じ量かちょっと多いぐらい……浸るぐらい入れて……」

米が水分を含んで膨らんできた。

鍋がぐつぐつと煮えると、湯気と共に炎が肌に伝わってじんわり熱くなってくる。

「沸騰させたら、火を弱くして水気がなくなるまで火を通します」

橋があやめの話す内容を料紙《りょうし》に筆で書きつけていた。

鬼童丸は、時間がかかって退屈になったのか、立ったままにもかかわらず、うつらうつらしている。

「お水がなくなったら、炊いた時間と同じぐらいの時間、蒸して……と、完成です！」

あやめは額の汗をぬぐう。

土鍋の中には、ふっくらほかほか炊き立てのご飯が完成していた。白いご飯粒はしっかりと水分を含んでおり、つやつやと、まるで光を放っているかのようだ。

「盛りつけるのは時間がかかりますし、せっかくだから、おにぎりにしましょうか」

そうして、握り飯を作って、鬼達に配る。

目を覚ました鬼童丸が、あやめにぬっと近づいた。

「俺にもくれよ」

「はい、どうぞ。でき立てほやほやですよ」

握り立てのおにぎりを鬼童丸の掌の上に載っけてあげる。

彼は大きな口をあんぐりと開くと、おにぎりを口いっぱいに頬張った。

その時——

ドクン。あやめの心臓が一度大きく跳ね上がる。

(今のは……？)

見れば、鬼童丸も動きが止まっていた。だが、すぐに気を取り直したのか、またもぐもぐと食べ始める。

(一瞬固まったように見えたけど、美味しくないのかしら？)

あやめは相手の反応が気になって、ドキドキしてしまう。

一口、二口、食べた頃には、紅い瞳が爛々《らんらん》と炎のように輝いている。

「中までしっとりしていて旨いな。やみつきになりそうだ！」

「まあ、ありがとうございます！　私も食べますね！」

あやめがおにぎりをパクリと口に含むと、ほかほかのお米が口の中でほぐれてほくほくしてくる。

（先ほどの強飯のようなものと違って、炊き立てのご飯らしい仕上がりね）

集まった鬼達の姿を見ると、あつあつのおにぎりを口にしながら、たいそう幸せそうな表情を浮かべているではないか。

こんなにもたくさんの人達に、自分の料理を食べてもらうのは初めてだった。

そもそも誰かと食事をすること自体久しぶりで、胸がじんと熱くなってくる。

「皆、幸せそうで、嬉しい限りです！」

うっとりしてそう話すあやめのことを鬼童丸はじっと見つめていた。

たくさんの鬼達が、つやつやのご飯粒を見て瞳をキラキラさせながら、しゃもじで椀にご飯をよそっている中、鬼童丸の紅い瞳が和らぐ。口一杯におにぎりを頬張りながらこう言った。

「お前、人間なのに面白い女だな。この飯は、昔を思い出させてくれたよ」

あやめは相手を上向くと、にっこりと微笑んだ。

「お褒めいただきありがとうございます。それと……」

鬼童丸は掌についた米粒を赤い舌でぺろりと舐めて食べ尽くそうとしていた。

「それと、何だ？」

「『お前』ではなく『あやめ』にございます。どうぞよろしくお願いしますね」

すると、ごくんと全てを飲み込んだ鬼童丸が、ひょんなことを言い出した。

「お前、飯粒がついてるぞ」

突然、鬼童丸の指が伸びてきて、あやめの唇の端についたご飯粒を摘まんだ。

かと思えば、ひょいと彼が口の中に放り込む。

「な……！」

あやめは、顔を真っ赤にして絶句してしまう。

「この粒だけでも旨いな」

「なななななな……！」

鬼童丸があやめの顎をくいっと持ち上げた。

「また俺に飯を作ってくれるんだろう？　なあ、あやめ？」

「え、ええっと……！　それは……！」

今度はきちんと名まで呼ばれてしまい、頬がどんどん火照っていく。

ふと、気になることがあった。

「ん？　私が食べられる話はどうなったのでしょうか？」

食べられてしまったら、ご飯を作ることなどできないのではなかろうか？

困惑するあやめに向かって、鬼童丸が更に驚くべき言葉を投げかけてきた。

「ああ？　説明がまだだったか？」

「説明？」

「喰うってつまるところ、俺の女房《にょうぼう》になったお前を喰うってことだ。この飯みたいにお前は旨いんだろうな」

「女房《にょうぼう》？　女房《にょうぼう》を喰う？　喰う？」

使用人としての女房《にょうぼう》ということだろうか？

それを喰う？

どういう意味だ。

橋もうんうんと頷いた後、あやめにキラキラとした瞳を向けてくる。

「鬼童丸様は我々の手に負えない御方ですが、どうぞお願いいたしますね、あやめ様！鬼の頭領に相応《ふさわ》しい奥様になってくださりそうです！」

鬼達一同もおにぎりを頬張りながら、うんうんと頷いていた。

（奥様？）

「人間の嫁なんてだるいと思っていたが、俺はだいぶ気に入ったぜ、あやめ。十五年近く探し出した甲斐があったってもんだ」

間髪を入れずに鬼童丸があやめの頬にちゅっと口づけた。

「な、な、な……」

じわじわとあやめは状況を理解してくる。

「女房《にょうぼう》って、鬼童丸さんの花嫁ってこと⁉　じゃあ、喰うって、まさか――――⁉」

鬼童丸がニヤリと口の端を吊り上げた。

「あやめと一緒なら、退屈しなさそうだな」

あやめは、金魚のように口をパクパクさせた。

意味が分かると恥ずかしくなって、全身が真っ赤になっていく。

（鬼の頭領と結婚だなんて、バリバリ喰われるよりも大変なんじゃ……⁉）

かくして、あやめの鬼に囲まれた新婚生活が始まったのだった。

第三話　姫、鬼に恋される

あやめが鬼達におにぎりを提供し終わった頃には、もうすっかり夜も更けていた。

鬼達にとっては活動時間だが、人間は眠りに就く時間だ。それは、人の血を半分だけ継いでいる鬼童丸も同じで、彼もまた夜に眠りに就く必要があった。

「てめえら、さっさと持ち場へ戻れ」

鬼の頭領の命令を聞くなり、台盤所《だいばんどころ》に集結していた鬼達が散り散りに飛んでいった。

「おい、女……じゃなくて、あやめ」

鬼童丸があやめを探したところ、台盤所《だいばんどころ》にある木椅子に座ったたまうとうとしていた。どうやら慣れない環境の中、はりきり過ぎてしまったようだ。

「こんなところで寝たら風邪引くぞ」

「は……い」

あやめは瞼を持ち上げたのも束の間、すうすうと寝息を立て始める。

「ったく、仕方ねえな」

鬼童丸はやれやれといった調子で嘆息すると、あやめをひょいと横抱きにした。彼女の身体は、まるで童のような軽さだった。

(半鬼半人の俺とは違って、人間のこいつは食べ物を食べないと生きてはいけないはずだ。ろくすっぽ飯も喰えないほど困窮してたと見える。草だけ喰って凌《しの》いでたのかもな)

出会い頭に骨と筋しかないと本人が叫んでいたが、あながち嘘ではないらしい。

鬼童丸はあやめを寝所に運び終えると、廂《ひさし》(母屋《もや》の周囲を取り巻く空間)を抜け、簀子《すのこ》へと向かった。高欄《こうらん》に肘をつきながら、ぼんやりと月を眺める。

「握り飯……か」

まだ母が存命だった幼少期、鬼童丸には、人間と共に暮らしていた時代があった。

だが、その時に思い出したくもない悲しい事件が起きてしまった。

それが原因で、父親である酒呑童子のいる鬼の里で暮らすようになり、人への増悪を募らせながら生きてきたのだ。

その事件からしばらくした後、鬼童丸は、父の宿敵である源頼光からおかしな呪術をかけられてしまった。

――十五年以内に、黄金の瞳を持つ女の血肉を喰らわなければ、生き延びることのできない呪術を。

だがしかし、母が人間だったことも手伝ってか、文字通り人を喰うのには抵抗があった。他に呪術を解く術はないかと探していたが、刻一刻と期限は近づいていた。

どうしたものかと思っていたら、どうやら実際にその女を喰わなくても良い方法が判明した。だが、その方法というのが問題だった。

「はあ？　他の鬼みたいに喰えねえんだったら、酒呑童子の親父みたいに、俺に人間の女と番《つが》えっていうのかよ」

いわゆる言霊を逆手にとった話のようで、食事としての「喰う」と、異性と交わる「喰う」、どちらも同じ「喰う」だから、どちらの手段でも呪術に対抗できるというのだ。

どちらの手段を取るか決めかねていた鬼童丸だったが、やはり人を喰うことには抵抗があった。

「それに、あの女は……」

ただ、背に腹は代えられない。

憎き源頼光のせいで、大嫌いな人間を探して娶《めと》らないといけない羽目になってしまった。

生きるためには仕方がないと、あやめ姫のことを十五年近く追い求め続けた。

どうやら源頼光が結界を張った上で、彼女に目くらましの術をかけていたようで、捜索にかなりの時間を要してしまった。

「あやめ、ね」

人間の姫だけれど貧乏暮らしだったという、ぽわんとした女の顔が頭の中に浮かんでくる。

彼女も人間だが、自分が嫌っている人間達とは、どことなく違う何かを感じていた。

「あいつは他の女とは違う気がするな」

それに、やけに彼女のご飯を食べてからは心身が軽くなった気がした。

鬼童丸の赤みがかった黒髪が、風にそよいでさやさやと揺れる。

庭に咲く椿の花も同じく揺れ動いた。

「それにしたって、全然違う顔のはずなのに、どことなく頼光に似ているな」

その時。

「これは……」

不穏な気配を感じ取る。

あやめを寝かせてきた寝所の方だ。

「あやめ！」

鬼童丸は即座に転移の術を行使したのだった。

その頃、あやめは夢の中にいた。

鬼の頭領だという鬼童丸に攫われて、大江山の屋敷に連れて来られた。

けれども、出されたご飯があまりにも美味しくなくて、作り直してしまった。

てっきり鬼に頭からバリバリと食べられるものだと思っていたら、実は鬼童丸の妻として迎えられたことを知り、衝撃を受けてしまった。

色々と聞きたいことはあったけれども、お腹がいっぱいで台盤所《だいばんどころ》で眠くなってしまった。

そうして、鬼童丸に運ばれて、母屋《もや》に宛がわれた豪奢な御帳台《みちょうだい》の中で眠ることになったのだ。

（こんなに素敵な目に遭って良かったのかしら？）

瞼をとろとろと閉じる。

眼裏に、たくさんのおにぎり達が躍っていた。

（何だか幸せ）

鬼童丸が現れたかと思うと、おにぎりを美味しそうに頬張り始める。

(私を食べるはずの鬼の頭領……私の旦那様)

突然、格子《こうし》にかかる御簾《みす》がめくられる音がした。

あやめは、少しだけ目が冴えてしまい、瞼をゆっくりと持ち上げた。

するると、しゅるりと衣擦《きぬず》れの音が聞こえる。

「え?」

完全に目を開けた瞬間、全身に衝撃が走る。

なんと、衾《ふすま》の中に誰かが侵入してくるではないか!

「だ、誰……!? きゃあああっ!」

あれだけ眠たかったにもかかわらず、一気に目が冴えてくる。

上体をパッと起こすと、何者かの影が視界に入った。

鬼童丸に比べると、身体つきは細身だが、骨格からして男性のようだ。

「え? え? え? 鬼童丸さんじゃない!」

近くにある灯台《とうだい》が揺れ動いて、相手の顔が炎に照らされる。

「あれ? 顔、橋さんそっくり!?」

なんと、鬼女・橋そっくりの顔立ちの美青年だった。彼女と同じように顔色も驚くほど白く、吊り目がちな瞳は赤く光っている。橋と違うところはといえば、髪が白くて長いことだ。更に言えば、ぼーっとした表情を浮かべている。

「ええっと……」

「ああ、何でこんなところに人間……？」

美青年の指が、あやめの黒髪をひと房掴んだ。

「え⁉」

しかも、ちゅっと口づけてくるではないか。

勿論唇ではなく髪だったけれど、あやめにとっては衝撃的だった。

「……それにしても美味しそうな女性だな……」

「え？　美味しそうって、どういうことですか？　きゃっ！」

なんと、あやめは初対面の美青年に押し倒されてしまった。

鬼童丸に続き、本日二度目の貞操の危機に、あやめの動揺は激しくなる。

橋によく似た美青年は女性のような見た目をしているが、力がやんわり強くて、やはり男性なのだと確信する。

（とにかくどうにかしなきゃっ！）

ふと、夫になったはずの鬼の頭領の顔が浮かんだ。

（鬼童丸さんは近くにいないの⁉　せめて気付いてもらえたら！）

美青年の唇が、あやめの唇に触れるか触れないかという時、あやめは思いきり息を吸い込んだ後、大声を上げた。

「鬼童丸さん！　助けてください!!」

その瞬間、ぶわりと風が吹き込んできた。御帳台《みちょうだい》にかかる帳《とばり》が巻き上がる。

「きゃっ!!」

あやめと白髪の鬼は衾《ふすま》ごと宙に浮く。

目が開けられないほどの強い風に、彼女の黒く長い髪がゆらゆらと躍った。

(どこかに飛ばされちゃう！)

そう思った瞬間、誰かにギュッと抱きしめられる。

「あやめ！」

「あ……」

黒方《こくぼう》の高貴な香りが鼻腔をついてきた。

単衣《ひとえ》が薄い生地なこともあるのだろう。相手の硬い胸板と逞しい腕と、相手の指が腕に沈んでくる感覚が伝わってくる。

心臓がはちきれんばかりにドキドキしてしまった。

「あやめ、問題ないか？」

少しだけ低い声が鼓膜を震わせてくる。

あやめはそっと瞼を持ち上げた。

赤みがかった黒髪に角が二本、ぎらつく紅い瞳の美青年の姿が視界に入る。

「はい、鬼童丸さんが来てくださったので！」

鬼童丸はあやめが無事な様子を確認すると、まだ宙に浮いている白髪の鬼に向かって叫んだ。

「俺と嫁の大事な寝所に侵入してくる不貞の輩は、てめえか、茨木《いばらき》！」

鬼童丸からものすごい剣幕で名前を呼ばれた美青年は、風で飛ばされそうになっているにもかかわらず、ぼんやりと返事した。

「……嫁？　誰の？」

「俺のだよ。ったく、相変わらず寝起きが弱いんだな。寝惚けてんのか？」

すると、茨木と呼ばれた鬼は寝ぼけ眼のまま答えた。

「だって、頭領、人間嫌いじゃないですか？　なのに、本当に人間の女と結婚したの……？」

「ああ、同じ人間だが、あやめは別の女達とは違うんだ。定期的に金を渡すなり、脅すなりして喰うだけの関係になるぐらいなら、どうせなら嫁にって思ったんだよ」

「どうせなら」という言葉を聞いて、あやめの胸がちょっとだけズキンとした。

あやめに向かって鬼童丸が美青年鬼の紹介をする。

「一応、親父の元部下の茨木童子《いばらきどうじ》だ」

ふわふわと茨木童子は地面に着地する。

まだぼんやりした表情で、彼はあやめに向かって手を差し出した。

「あやめさん、茨木童子です、よろしくお願いします」

「いえ、こちらこそ……」

あやめは茨木童子と握手を交わそうとしたのだが……

「ダメだ！」

「きゃっ」

鬼童丸が唐突に割り込んできて、あやめの手首を掴んでくると同時に、ハッとした表情を浮かべた。

「あ、悪い、強く握り過ぎた」

「いいえ、あの……」

鬼童丸が握ってくる手首が異様に熱くてドキドキして落ち着かなくなってくる。

「とにかく他の鬼達との握手はダメだ。これから先もずっとな」

「え？　でも、そうなると困る場面もあるような？」

「……もう、いい。御帳台《みちょうだい》が少し壊れているから、別の場所に行くぞ」

「え？　きゃっ！」

あやめは鬼童丸に強引に抱きかかえられた。台盤所《だいばんどころ》から連れて来られた時と同様、横抱きにされてしまっている。

（この抱えられ方は、鬼童丸さんの顔が近くて落ち着かないのよね）

あやめの頬にさっと朱が差す。

ちょうど視線を逸らすと、茨木童子と視線が合ったため、微笑み返すことにする。

「茨木さん、これからもどうぞよろしくお願いします」

「はい、こちらこそ……」

すると、またもや鬼童丸が会話に割って入ってくる。

「挨拶は後にしろ。いいから行くぞ」

そうして、鬼童丸とあやめの二人は、中庭へと向かったのだった。

鬼童丸にあやめが抱きかかえられて来たのは、東の対《たい》だった。

内部の空間は三層に分かれており、中心部分にあたる母屋《もや》を覆うように庇《ひさし》があり、それぞれの柱の間には、青竹で編んだ御簾《みす》が懸けられている。御簾《みす》の上部には帽額《もこう》と呼ばれる横幅の布が付いているが、上品な胡蝶と窠《か》（鳥の巣）の文様が摺り出されている。

今は誰も使っていない場所らしいのだが、埃っぽさや黴《かび》っぽさはなく、清潔に整えられていた。

ほのかに古風な樹の香りが漂っていて、暗くてひんやりしている。

近くに滝があるのだろう。ざあざあと水が流れゆく音と、岩に打ちつける音が協和音を奏でていた。

御簾《みす》を潜り抜け、几帳《きちょう》の先、畳しか敷かれていない場所へと進む。

そうして、鬼童丸が畳の上にあやめの身体をそっと横たえた。

「一応、これから先のお前の部屋でもある」

「私の部屋は別にあるのですね、ありがとうございます」

あやめは内心ほっとしていた。

（てっきり夫婦になったものだから、寝殿で一緒に寝るのだと思っていたけれど、勘違いだったのね）

鬼童丸は畳の上にどかりと座り込むと胡坐《あぐら》をかいた。

「さて、今日はここで一緒に寝るぞ」

「一緒に寝るんですか⁉」

あやめは素っ頓狂な声を上げてしまった。

「ああ。一応夫婦になったんだから、当然だろう？」

「当然⁉」

鬼童丸は呆れたような表情を浮かべている。

「俺は、おかしなこと言っているか？　一応、人間の貴族達の間では、親同士が決める結婚だろうと、恋愛関係から成立する結婚だろうと、三日間は床を共にする習わしだろうが」

「ええっと、それは人間の風習でして、鬼もそうなのでしょうか？」

「鬼の風習とは違うが、一応お前は人間なんだから、合わせてるんだよ」

「合わせていただき嬉しくはあるのですが、あまりに急展開で、心の準備が……」

「お前がさっきまでぐうすか寝てたから手は出さなかったが、今は起きてるから、ちょうど良い」

鬼童丸の節くれだった指が、あやめの額にかかっていた黒髪を払った後、彼女の顎を掴んでくる。

「あ……」

美しく整った顔がゆっくりと近づいてくるなり、あやめは唇を噛みしめると同時にギュッと縮こまった。

「そもそも、貴方のことをよく存じておりません！」

「俺もお前のことを知らねえよ。だが、人間だろうが鬼だろうが、男女の関係なんて、そんなもんだろう？　和歌で口説くのがうまいからとか、ちらっと垣間見たら好みの色白だったとか。人間の結婚なんて、そんなくだらないものばかりだ」

鬼童丸が伏し目がちになると、紅玉の瞳に睫毛がかかって濃い影ができる。少しだけ醒めた口調のまま続けた。

「別に相手のことなんざ、知らなくても問題ねぇ。ついでに言えば、そもそも俺は親父が攫った女にできた子どもだった。俺も親父と一緒で、お前を攫ってきた。鬼と人間の結婚なら、なおのことそんなもんで……」

「それだけじゃないと思うんです！」

あやめは抗議していた。

「鬼だったとしても人間だったとしても、心を通じ合わせてからの方が、何をやるにも絶対幸せだと思うんです！」

「ああ？　何をやるにもって何がだよ？　抽象的な話はやめろよ」

聞く耳持たないといった調子の鬼童丸に対して、あやめは懸命に伝えた。

「さっきのおにぎりも一緒です。誰かと一緒に何かをやるのは素敵なことです。知らない人とでも何かをやるのは素敵だけど、せっかくなら心が通じ合った状態の方が、絶対にもっともっと幸せなんです！」

鬼童丸はあやめの言い分を黙って聞いていた。

「確かに鬼童丸さんは人攫いの鬼です！　だけど、せっかく結婚するなら、ちゃんと貴方のことを知っていきたいんです！」

鬼童丸は、ハッと短く息を吐いた。

「綺麗ごとだな」

紅い瞳が燃え盛る焔《ほのお》のように揺らいでいる。

ゾクリ。

あやめの背筋を恐怖が這った。

(出会ってまだ一日足らずだけど、おにぎりを美味しそうに食べてくれたから、勝手に悪い人じゃないって決めつけていたかもしれない)

やはり相手は鬼。簡単には気を許してはいけないのだ。

けれども、想像とは違う答えが相手から返ってくる。

「鬼の頭領っていう権力や、人間離れした美貌をちらつかせりゃあ、わりと喜ぶ女も多いんだがな」

「え？」

「だが、お前が普通の女とは違う考えの持ち主なんだってのは、この一日でようく分かったよ」

ふわり。

鬼童丸の瞳が、まるで春に咲く紅梅のように和らいだ。

「……あ」

(鬼だけど、ちゃんと分かってくれた！)

あやめの胸の内に、一足早く春が来たかのような心地になる。

「とはいえだ……」

「とはいえ？」

せっかく色々と心を通わせてから、真の夫婦になれるものだと期待したというのに、まだ何かあるのだろうか？

鬼童丸が前髪をくしゃりとかきあげながら、少しだけ苦しそうに息を吐いた。

「そういう形式にこだわってやる暇がねえんだよ。時間があれば、お前の言うこと聞いてやっても良かったがな」

「それは、どういうことでしょう？」

二人の間にしばし沈黙が訪れる。

彼の睫毛が一瞬だけ震えた。唇を引き結んだ後、ゆっくりと口を開く。

「さっさと俺の嫁になれ」

その答えを聞いて、あやめはキョトンと首を傾げた。

「もうなってしまったのでは？」

「そうじゃない。心身どちらもって意味だ」

「心身どちらも……？」

あやめは、そこまで口にすると、意味が分かってしまった。

「そ、そ、それこそ、ちゃんと気持ちが通じ合ってからが大事で……」

すっかり落ち着かなくなってしまい、忙《せわ》しなく髪を触ってしまう。全身が炙られたかのように熱い。

するど、鬼童丸が遠い目のまま続けた。

「さっき、茨木が寝所に侵入してきたみたいなことが、また起きちまうぞ。別にあいつは単純に寝惚けただけじゃあねぇ。人間の生娘の匂いに無意識に惹かれてきたんだよ」

「え……!?」

匂いと言われ、あやめは、自身の身体をくんくんと嗅いでしまった。

「ちゃんと湯に浸かりましたし、もう土臭くはないと思うのですが？」

「土臭いのが気になったのとは別の話だ。鬼にしか分からない類の匂いだ」

「人間が嗅ぐ匂いではない、と？」

「ああ。お前が放つ香りが、鬼にとっては極上の香りなんだよ。そもそも、この屋敷には結界を張ってある。だから、茨木ぐらい力が強くねぇと侵入はできないがな。優しい鬼ばっかりじゃねえ。俺がさっさと手を付けて、『頭領の嫁』だって、はっきりさせておいた方が良い」

「どうしても、今すぐに？」

あやめの声が少しだけ震えた。

「もしかしたら、ちったあ待ってはくれるかもしれないが、念には念を入れておいた方が良い。お前だって、知らねぇ鬼に好き放題されたくないだろう？」

鬼童丸が向けてくる視線は、あやめのことを心配しているものだった。

（せっかく鬼童丸さんとなら、少しずつ歩み寄っていけたかもしれないのに……）

あやめの嬉しくてはちきれんばかりだった気持ちが、しゅんと萎《しぼ》んでいってしまう。

「そうですか。だったら、怖いけど、もう覚悟を決めるしかないですね。ちゃんと生き延びて、お母様の供養はしたいですもの」

すると、鬼童丸がさっそく直衣《のうし》をくつろげ始めた。

「物分かりの良い女で悪くねぇな」

「あ……」

彼の逞しい腕が、彼女の腰に回されたかと思うと、引き寄せられる。

ぐっと距離が近づいて、上半身同士が密着しあって、相手の体温が伝わってきた。

（二人とも単衣《ひとえ》姿になったせいか、直に触れ合っているみたい）

少しでも顔を動かしたら、鼻先どころか唇までぶつかりそうなぐらい至近距離だ。

熱を孕んだ眼差しに穿たれる。

あやめの心臓はバクバクと音を立てており、このまま破裂しそうだ。

（私はこのまま鬼童丸さんと心を通わせる前に身体だけ夫婦関係にならないといけない。だけど、他の鬼達に喰われるぐらいなら、鬼童丸さんと関係を持つ方が当然よくって……）

自分自身に言い聞かせようとしたけれど、身体が勝手にカタカタ震え始める。

(だけど、やっぱり怖い！)

あやめが瞼をギュッと瞑った、その時——

バサリ。

「きゃっ」

あやめの頭の上を何かが覆ったと思えば、鬼童丸が纏《まと》っていた紫色の直衣《のうし》だった。

「あ、あの……これはいったい？」

「さんざん脅したわけだが、お前の旦那はこの俺だ」

「ええっと、はい、そうですね」

つまり、どういうことだろうか？

「俺の女にわざわざ手をつけて、俺に嫌われたい鬼はいねえ。だから、今晩は手をつけない」

「ええっ、だってさっきは鬼達が匂いに引き寄せられるって！」

すると、鬼童丸が唇の端をニヤリと吊り上げた。

「待ってやるってことだよ」

「……っ⁉」

「本当はさっさと嫁にしたいところだが、お前に嫌われたら、旨い飯を食いっぱぐれそうだしな。まあ、仕方ねえ」

「仕方ないのですか？」

「ああ、まあな。そもそも十五年近く探し続けたんだ。今更数日位は待てる。とはいえ、鬼達に格好はつかねえし、心身ともに俺のものになったって思わせた方が何かと得だ。だから、とりあえず、床を共にしたふりはしておく。それで良いか？」

鬼童丸が言いたい意味がじわじわと分かってくる。

それに、彼の不器用な優しさのことも。

「はい！　ありがとうございます！」

「よし、じゃあ寝ろ」

あやめが畳の上に横たわると、鬼童丸が羽織っていた直衣《のうし》を衾《ふすま》にすることにした。

そうして、近くに座った鬼童丸から、あやめは肩をトントン叩かれながら、幸せな気持ちで眠りについたのだった。

翌朝、あやめは朝の眩しさで目を覚ました。

「もう朝なの？」

何だか身体がぽかぽか温かい。

(そうだ、鬼童丸さんが掛けてくれた衾《ふすま》の中だからね)

それにしたって、なんとなく身体が窮屈な気がするのだが、気のせいだろうか？

「んん？」

あやめは真ん丸の瞳をぱっちりと開ける。

「……！」

なんと、鼻先が触れるか触れないかぐらいの位置に、鬼童丸の顔があったのだ。

瞼を閉じていると、睫毛の長さが際立つ。すっと通った鼻梁を改めて見るに、我が国の一般的な男性達と比べると鼻も高い。薄い唇からすうすうと息が漏れ聞こえてくると、鼓動が一気に跳ね上がる。

(い、いつの間に直衣《のうし》の中に入って来てたの⁉)

それよりも、彼の腕が彼女の背中に回されているのが、気になって仕方がなかった。

「き、鬼童丸さん！」

あやめが衾《ふすま》の中から抜け出そうとすると、彼の腕の力がギュッと強くなった。

彼女の胸に、彼の厚くて硬い胸板が押し当てられる。

お互い単衣《ひとえ》姿どうしだ。

男知らずの彼女には、あまりにも刺激が強すぎる。

（どうしよう、鬼童丸さん、眠ってしまっているの？　このままだと心臓がドキドキして壊れてしまいそう）

全身がバクバクと音を立てているかのような錯覚に陥る。

そんな彼女の心を知ってか知らずか、彼は更に大胆な行動を取ってくる。

「……逃げるな……」

「え？」

あやめの頬に柔らかな何かが押し付けられた。

鬼童丸は、夢でも見ているのか、頬に頬をすり寄せてくる。

女性のあやめに比べたら、鬼童丸の頬はやや硬い。同じく硬い黒髪が、肌に触れてくると、少しだけチクチクした。

あやめの顔は熟れた林檎のように真っ赤になっていく。

「ひゃっ！」

しかも、身体を動かせば動かすほど、鬼童丸の力が強くなっていくのはなぜだろうか。

「お、起きてください！　あ、あの！」

「ん……？」

あやめがもがいているのに気付いたのか、鬼童丸がゆるりと瞼を持ち上げる。

「おはよう……」

「お、おはようございます」

あやめが声をかけたものの、鬼童丸はまだぼんやりした面持ちだ。

朝陽が、彼の赤みがかった黒髪を輝かせる。

零れ落ちる光が、紅い瞳の中で星屑のようにキラキラしていた。

(あ……昨日は血のように紅い瞳だって思っていたけれど、今見たら、お日様みたいですごく綺麗)

彼の造形があまりに美しく洗練されていて、そっと触れてみたい衝動に駆られる。

(私ったら、何を考えているの？)

あやめは、自分自身に喝を入れると、鬼童丸に問いかけた。

「あ、あのうどうしてこんなことに？」

「ん？　ああ、寒かったからか、お前で暖を取ってしまっていたな」

「暖……！」

あやめが頬を紅潮させていると、鬼童丸が唇の端をゆるりと吊り上げた。

すっかり覚醒したのだろう、先ほどまでとは打って変わって、彼の瞳は獣のようにギラギラしていた。

「せっかくだから、朝からお前の味見でも……」

「あ、味見……⁉」

言うが早いか鬼童丸が口をあんぐりと開けると、赤い粘膜の中、白く鋭い牙が覗く。

そのまま彼の顔が近づいてくると、緊張して全身が強張ってしまい、逃げることもできなくなっていた。

（このままだと口づけてしまいそう）

唇どうしが今にも触れ合うかと思われた、その時。

ぐ――っ
「腹が空いた」

昨日とは違って、今度は鬼童丸の腹の虫が鳴いていた。

「あ」

「あ」

お互い顔を見合わせる。

「ふふ、おかしい」

あやめは、くすくす笑ってしまった。

すると、鬼童丸がバツが悪そうにしている。

そんな彼の様子が微笑ましい。

あやめの火照りも徐々に沈静していった。

「鬼童丸さん、せっかくだから、朝食をご用意いたしましょうか？」

「ああ、それは助かる。昨日の握り飯はうまかった」

鬼童丸の頬が緩むと眼差しも柔らかくなる。

「ええ、それとですが――」

「それと？」

「お味噌汁も準備いたしますね」

「お味噌……？」

鬼童丸は聞きなれない単語を耳にして不思議そうにしていた。

そんな彼に向かって、あやめはふんわりと微笑みかけたのだった。


あやめは台盤所《だいばんどころ》に立つと、早速調理を開始した。

「お鍋に水と昆布を入れて、もう一刻は経ったので、中くらいの火で沸かしますね。湯が沸騰する直前に昆布を菜箸で取り出して……」

箸が湯に浸かった際に、液面が揺らいだ。

鍋がぐつぐつと煮え始めると、湯気がほわほわと台盤所《だいばんどころ》に漂い始める。

「沸騰したら火を止めて少しだけ置いておきます。そうして、削りがつおを入れて、息を三十回ほどする間置いておきます。その後、濡れて固く絞ったさらしでこします。よし、でき上がりです！」

でき上がっただし汁からは、ふんわりとかつおと昆布の良い香りが漂う。透明なのにコクのある黄金色で、光を反射していた。

鬼童丸が歓喜しつつも、あやめに縋《すが》るような視線を向けてくる。

「腹が空いてたまらない」

「このままでも風味豊かで味わい深いのですが、少々お待ちを」

あやめは台の上に置いてあった茶色の壺を手に取って、その中身を鬼童丸に向かって見せる。

「こちらは大陸から伝えられた味噌という調味料にございます。人間達の……特に庶民達には浸透しておりませんので、鬼ならば知らなくても不思議ではないかと」

「その泥みてぇのが味噌か。どっかの国からの貢ぎ物だったはずだし、あやめの言う通り、大陸から運んできたのかもな。それにしてもだ……」

鬼童丸があやめに向かって純粋な疑問をぶつけてきた。

「お前は困窮してたわりに、どうしてそんな大層なものを知ってたんだ？」

「実は、年に数回ですが、母へ贈り物がございまして、その中に味噌が紛れておりました」

「へえ、そうか」

「誰かは存じませんが、その贈り物には保存が良い調味料や食べ物が多く、おかげで物乞いをする必要まではありませんでした」

「ふうん、命の恩人って奴だな」

「ええ」

鬼童丸が少しだけ面白くなさそうな顔をしている。

「それでは、気をとり直して……昨晩、蔵に置いてあるのを見ておりまして、せっかくなので使用することにしました。では、こちらを一かけら」

あやめがそう言って椀に注ぐと、だし汁の中に味噌がさらりと溶けていく。透明だっただし汁が、味噌の色合いと交じり合う。

ほくほくと白い湯気が立つと、かぐわしい香りが漂った。

「具材は、乾燥わかめと玉ねぎを準備しております」

包丁で玉ねぎをトントンと切ると、目に染みてじんわり涙が溢れてきた。

「なんか目が痛いな」

「玉ねぎを切るとこうなのですよ」

あやめと鬼童丸は二人して、目をパチパチさせた。

そうして、乾燥わかめと一緒に中に放りこむと、しばらくぐつぐつ煮立たせる。

「よし、完成です！」

味噌汁を注いだ椀を二人分だけ盆に載せると、寝所にある母屋《もや》へと向かう。

昨晩の風で壊れていたはずだが、いつの間にか修理されていた。

畳の上へ足を運ぶと、さっそく食事をはじめることにする。

「さあ、召し上がれ。お箸が良いですか？　匙《かい》（スプーン）が良いですか？」

あやめは片手に箸を、片手に匙《かい》を持った。

「じゃあ、匙《かい》ですくうか。黄金色で澄んで艶々していて、香りもツンとしているが、くせはないな」

鬼童丸はほかほかの汁物を匙《かい》で掬《すく》い上げると、口元へと運び、一口じゅるりと啜った。

「これは……！」

あやめは、固唾を呑んで見守った。

「風味豊かでとろりとした舌触りに、なめらかな喉越しだな！　ご飯と一緒に食べたら、どんどん食事が進みそうだ！」

鬼童丸は少年のように瞳を爛々《らんらん》とさせているではないか。

「まあ、良かったです！　それでは、私も食べますね。う〜ん、美味しいです」

二人して蕩けるような微笑みを浮かべる。

「あやめの作る飯は鬼の世界で一番だな」

「まあ、誠にございますか？」

ふふふと、あやめは微笑んだ。

すると、鬼童丸の瞳も柔らかなものへと変化する。

二人の間に、和やかな空気が続く。

だが、突如として至福の時は破られた。

「鬼童丸様！　あやめ様！」

橋の焦るような声が耳に届く。

「どうしたんだよ、橋？　せっかく俺が嫁と良いところなのに……」

鬼童丸が眉を引き絞り渋面を浮かべる。

あやめは立ち上がると、橋の側へと近寄り、彼女の上下する肩をどうどうと宥《なだ》めた。

「橋さん、どうされたんですか？」

「あやめ様っ、それが、お兄様が……！」

「橋さんの、お兄様？」

いったい誰のことだろうか？

鬼童丸が橋へとチラリと視線を向けると、深いため息をついた。

「茨木がどうしたんだよ？」

なんと、茨木童子と橋は兄妹だったようだ。

(だから顔が似ていたのね)

あやめは、ついつい感心してしまった。だが、そんな場合ではないといわんばかりに、橋の表情は切迫したものだった。

「とにかくお兄様が大変なんです‼」

理由は分からぬまま、鬼童丸とあやめは橋に従って、母屋《もや》を飛び出したのだった。

鬼童丸に手をひかれながら、あやめは外に続く砂利道を歩く。

橋が慌て過ぎていて、茨木童子に何があったのかは分からないままだ。

鬼童丸がやれやれと言った調子でぼやく。

「せっかく嫁の旨い飯にありつけたと思ってたのにな」

彼の横顔からは心底残念だという気持ちが滲み出ていた。

「鬼童丸さん、まあ、そうは言わずに」

「とはいえな、冷めるからなあ」

「これから毎日食べられますから！　ね？」

「そうか、まあ、それなら良しとするか」

鬼童丸はふいっと顔を背けた。あやめよりも半歩先を走っているため、彼の表情がどうなっているのかは分からない。だけど、赤みがかった黒髪の隙間から見える耳が、彼の瞳のように真っ赤だった。

「ああ？　なんだ？　行き先は近くみたいだな。どおりで、橋は俺に『転移しろ』とは言ってこなかったわけだ」

鬼童丸の言う通り、橋に連れて行かれたのは、台盤所《だいばんどころ》から目と鼻の先にある、雑舎《ぞうしゃ》近くの蔵だった。

騒ぎを聞きつけたのか、ざわざわと鬼達が集まっている。

ひしめく人垣——否、鬼垣の中に、鬼童丸がねじ込むように入っていった。

「あやめ、俺の近くに来い」

鬼童丸からあやめは肩を抱き寄せられる。鬼達にぶつからないようにと庇って歩いてくれているのが分かって、心臓がドキドキしてくる。

(鬼童丸さん、優しい)

鬼達の作る波の中心へと進むと、話題の人物の姿が目に入った。

「あ！　あそこ、茨木童子さんがいらっしゃいます！」

あやめが指さす先、目当ての人物が蔵の前でうつぶせになって倒れ込んでいたのだ。

鬼童丸があやめの側から離れると、茨木童子の側にしゃがみこむ。

「どうした、茨木⁉　なんだ？　人間どもが襲ってきたのか⁉」

鬼童丸が茨木童子の上体を起こすなり、怪訝な表情を浮かべた。

「って……ん？　普段と変わらねぇじゃねえか」

「ああ、来たんですね……すみません、橋に頼んで頭領をわざわざ呼んでもらいました」

茨木童子は確かに倒れていたが、どうやら意識は鮮明なようだ。

目の焦点が合っておらず、ぼんやりして見えなくもないが、昨夜会った時も同じようにぬぼーっとしていたので、きっと普段からこんな調子なのだろう。

見たところ、別に身体の異常はなさそうだ。

茨木童子は、ぬぼーっとした調子で語り始める。

「頭領、申し訳ない……蔵に置いてあった壺が、何者かに盗まれてしまいました」

「壺？」

鬼童丸は、心当たりがないのか眉を顰《ひそ》めた。

茨木童子が、地面に倒れたまま告げる。

「ええ、壺です。いつだったか、どこかから送ってこられた。あれ？　盗んだものだったのか？　献上されたものだったのか？　忘れてしまいましたが……」

「雑色の鬼が持っていったんじゃねえか？　壺が盗まれたぐらい放っておけ」

「盗まれただけなら、わざわざ頭領を呼ぶわけないじゃないですか？」

「ああ？」

茨木童子の煽るような問いに対して、鬼童丸は売られた喧嘩を買うような切り返しをする。

「封印していた危険な壺なんです……僕達鬼にとっては、触れてはいけない、危険な代物だ」

茨木童子が危機感はさしてない調子で告げた。

だが、元々の顔色が白すぎるせいで、そんな風に見えるだけなのかもしれない。

しっかりと目を凝らしてみれば、心なしか青ざめて見えなくもない。

鬼童丸が怒りを露わにすると、地を震わすかのような声を出した。

「おい、茨木、俺達鬼にとって危険なものなら、どうして俺に知らせてなかった？」

あやめはびくりと身体を震わせた。

これまであやめが聞いたことのない声音だったからだ。

（鬼童丸さんは優しいけれど、恐ろしい鬼達を束ねている方なんだわ……）

鬼童丸が鬼の頭領であるということ、まざまざと理解させられた。

「知らせてなくてすみません……」

頭領の怒りに臆することなく、茨木童子は壺についての説明をはじめる。

「ええ、我々鬼にとって、とてつもない脅威となるものだ。下級の陰陽師と引けを取らない程度の、ね。匂いを少し嗅ぐだけで、僕みたいな上位の鬼でも、効果てきめんに倒れてしまいます」

「そりゃあ、聞き捨てならねぇな」

鬼童丸の表情が少しだけ引き締まった。

（鬼にとって危険で、とてつもない脅威をもたらす壺。何だか恐ろしいことが起きそうな気がする）

あやめの背にぶるりと寒気が走り、思わず自身をかき抱いた。

それにしたって、不安は募る一方だが、ちょっとだけ引っかかることがあった。

両腕を解《ほど》くと、鬼童丸の側へと近づいて、しゃがみこんだ。

そうして、彼の直衣《のうし》の袖をちょんちょんと引っ張りながら問いかける。

「そういえば、私が先ほど蔵に入った時には、怪しい者は見かけませんでした。鬼童丸様も蔵の前までついてきてくださったでしょう？　心当たりはございませんか？」

「ああ？　そういえば、悪さする奴はいなさそうだって、あやめ一人で蔵の中にやったんだったな？」

「ええ。私一人で入りましたが、蔵の中を荒らされた気配も感じませんでしたし……昨日見かけた味噌を一目散に取りに行ったから見逃したのでしょうか？」

「俺もおかしな気配は感じなかったが」

「でしたら、私達が出て行った後のほんの一瞬の隙を狙って、犯人は蔵の中に入ったことになりますよね？」

鬼童丸とあやめは顔を見合わせると、「むむ？」と首を傾げ合った。

鬼童丸が、抱き抱えたままの茨木童子に向かって問いかける。

「それで？　そういやあ、その壺の中身ってなんだったんだよ？」

「それは……僕達が投げつけられるアレですよ」

「具体性に欠けるな。アレってなんだよ？　まどろっこしいのは嫌いだから、さっさと答えろよ」

「アレを投げつけられて嫌な目に遭って以来、その名を口にするのも憚られる。思い出すだけで生きた心地がしませんよ」

茨木童子の顔色は、橋もびっくりするほど真っ白だった。

（本当に怯《おび》えているのね……）

見ている側まで辛くなるぐらいに、彼は顔面蒼白だった。

「僕としては、子ども達と遊んでいただけなのに……ほら、都の人間達が、僕達を祓《はら》う真似事として、矢を持って追いかけっこしてるじゃないですか？」

「ああ？　ちっとも意味が分からねぇよ」

鬼童丸は苛立った口調で答えると、茨木童子を支えていた腕を離して、膝に片手を突きながら立ち上がった。もう片方の手であやめの肘を掴んで、ひょいと立ち上がらせた。

「ともかく立ち上がれ、茨木。それとも何だ？　その壺の中身のアレとやらが怖くて動けねぇのかよ？」

「え？　いいや、まあ、アレは気持ち悪いですけどね」

そう答えたにもかかわらず、茨木童子は地面に横になったまま微動だにしない。

鬼童丸は呆れたように相手を見下ろしていた。

「だったら、何で動かねえんだよ？」

「今、僕は単純に腹が空いて動けないんです」

「何だ、そりゃあ？　ったく、しょうがねぇな」

ふと、鬼童丸の視線があやめへと向いた。

「ああ、そうだ、あやめ、お前の作った料理を食わせても良いか？」

「え？　私のですか？」

「そうだ。そうしたらきっと、こいつも腹がいっぱいになって倒れたりする頻度も減るだろうさ。茨木、どうだ？」

話を振られた茨木童子が、紫色の唇を震わせる。

「ああ、北の方、かたじけない」

あやめは、ふと気になったことを鬼童丸に尋ねた。

「そういえば、鬼の皆の主食とは何なのでしょうか？　やっぱり人間なのですか？」

「ああ？　まあ、元々は人間だったな。血と肉を喰ってた奴らが多かった」

さらりと応えられてしまい、あやめの緊張感が増していく。

（やはり、見た目は美男子だけれど、自分とは違う種族の方ね）

こういう文化の差異を目の当たりにすると、人間のあやめと鬼の鬼童丸では、生きて重ねてきた経験や、ものの見方がそもそも異なるのだと、強く意識してしまう。

「だが、俺の親父の酒呑童子の件もあって、鬼に比べて人間達の勢力が強くなったから、最近の鬼達は人間を喰うのをだいぶ控えるようになったんだよ」

「ですが、主食である人を食べるのを控えてしまったら、鬼達は慢性的に空腹なのでは？」

「まあな。だから、人間の代わりに動物や魚の肉を食ってるんだよ。とりあえず生で喰うか、それとも焼くかの二択だな。とはいえ、人間を喰った時ほど腹は満たされねえ。それで、数年前に人間達が食べてる料理も試してみたが、鬼達の間であんまりうまくねぇなって話になってな」

鬼童丸が穏やかに微笑んでくる。

「だが、あやめが作る飯は旨いから不思議なもんだ。昨日の夜に食ってた鬼達にも評判が良かった。だから、良かったらあいつらにも調理の方法をぜひ教えてやってほしい」

「……ありがとうございます」

あやめは、赤くなった顔を見られたくなくて、そっと俯《うつむ》いた。

母が生前よく褒めてくれていたが、他の誰かに褒められるのは初めてだ。

（慣れていないから照れくさいな）

ふと見上げたら、鬼童丸が微笑んでくるものだから、またもや顔を上げられなくなってしまう。

（何だろう、カッコイイからだけじゃなくて、何だか落ち着かない）

この気持ちが、いったい全体何なのか皆目見当もつかない。

「ん？　どうした、茨木の飯でも準備しに戻るか？」

声をかけてきた鬼童丸に対して、あやめが何か返事をしようとした、その時。

「鬼童丸様、あやめ様、壺についてなのですが……」

橋がぶるぶる震えながら口を挟んできた。彼女の顔色は兄と同様真っ白だ。

「茨木お兄様曰く、何やら危険な食べ物が、更に腐っているそうにございます。あやめ様も間違って口にされたりしたら危ないやもしれません。ああ、恐ろしや……」

あやめは首を傾げた。

（腐る？）

先ほどの茨木童子の話を振り返る。

人間達が鬼を祓《はら》う真似事。

追いかけっこ。

(この二つ、何かの行事で聞いたことがあるような?)

あやめが考え込んでいると、突然ピンと閃《ひらめ》いた。

「もしかして、晦日《みそか》に行われる追儺《ついな》の儀式のことでしょうか?　鬼払いのために撒《ま》くのは……」

壺の中身は、鬼が危険に感じる食材。

しかも、腐っている。

腐って……

腐……

「ああ!　味噌の壺!!」

あやめは合点がいくと同時に、一気に血の気が引いていくのを感じた。

鬼童丸が驚いたのか目を真ん丸に見開いている。

「あやめ、どうした、大声出して?」

彼の胸に彼女は勢いよく縋《すが》りつく。

「鬼童丸様はどうもないのですか!?」

「何がだよ？」

「だって、味噌を食べてしまったのですよね⁉」

「ああ、それがどうした？　めちゃくちゃうまかったぜ」

鬼童丸が口を開けて笑うと、鋭い獣の牙のような歯が輝いていた。

あやめはといえば、どんどん顔色を失っていく。

「本当に何もないのですか⁉」

「ないって言ってるだろうが？」

あやめはものすごい勢いで頭を下げた。

「ごめんなさい、私、何も知らずに！　本当にごめんなさい！」

「どうした？　何に謝ってるんだよ？」

「確かに謝ってすむ話ではないのかもしれません！」

「落ち着けって、この通り。ほら、ピンピンしているだろうが？」

もしかすると、鬼童丸は半人半鬼だから、只の鬼達とは違って平気なのかもしれない。

（だけど、純粋な鬼達がお味噌を食べてしまったら⁉）

ふと視線を茨木童子へと向ければ半身を起こしており、側には橋がしゃがみこんでいた。

「はい、お兄様。あやめ様の最新作のようですわ。黄金色で風味の良い、素敵なお吸い物ですね？　人として屋敷で暮らしていた頃を思い出しますわね。はい、一口どうぞ」

「ああ、助かるよ、橋」

橋が、椀から匙《かい》にすくった味噌汁を茨木童子の口元へと運ぶ。

あやめはあらん限りの声で叫んだ。

「待ってください！　橋さん！　茨木童子さん！　ダメです！」

だが、時すでに遅し。

ごくん。

茨木童子は、味噌汁を飲み込んでしまった。

「ああっ！」

あやめが悲鳴を上げると、鬼童丸が彼女の背を支えた。

「さっきから、どうしたんだ、あやめ？」

「鬼童丸さん、先ほどの味噌汁は、大豆からできているんです！」

「大豆？　豆か？」

鬼達の間にどよめきの波が広がる中、あやめは鬼童丸に懸命に訴える。

「大豆を寝かせて作ったものが味噌なのです。腐っているのは、大豆が発酵しているからでして……！」

「人間は腐った食べ物を口に入れるのか？　まあ、鬼達の中にも肉なら何でも良い奴はいるが、好き好んでは食いたくないがな」

「腐っているといっても、人が食べても害はないので気に留めていなかったのです。鬼の皆様が食べたらダメだという意識が欠如しておりました。本当にごめんなさい！　急いで吐かせないと、茨木童子さんの身に危険が！」

するると、茨木童子が呻き声を上げる。

「うっ……」

「茨木童子さんっ！」

あやめは鬼童丸の側を離れると、茨木童子の側へと駆けつける。橋とは反対側にしゃがみ込んだ。

すると、茨木童子がかっと目を見開いたため、あやめの身体がびくんと大きく跳ね上がった。

「あのう、大丈夫でしょうか？」

あやめが恐る恐る話しかけると、茨木童子が恍惚とした表情を浮かべたまま言葉を紡いだ。

「少し冷たくなっているけれど、これは美味だな。ああ、橋、椀ごと手渡ししてくれる？」

「はい、お兄様、どうぞ」

茨木童子は橋から椀を受け取ると、味噌汁をゴクゴクと飲み干していく。

思いがけない行動だった。

あやめは、ぽかんと口を開いた。

茨木童子はのんびりした口調で続ける。

「そうだ。献上された時に話を聞いた気もするけれど、忘れてしまっていたな。ああ、あやめ様、味噌は豆が腐ってるやつなんですか？」

突然話を振られたため、あやめはあたふたと答える。

「え、ええ、そうなんです。それよりも、大丈夫なんですか？　さっき鬼にとって危険な食べ物だって話していらしたでしょう？」

「ああ、そうなんです。危険ですよ。豆を撒《ま》かれたら、バラバラ音がするでしょう？　あと人って、豆を炒《い》るじゃないですか？　僕、あの音が本当に苦手なんです」

茨木童子は味噌汁を啜る合間に、淡々と経緯を語る。

「壺に入っていた味噌が、豆と同じ素材だって気付いて、しかも腐っていると知って、蔵に封印していたんですよ」

そうして、彼は味噌汁の全てを飲み干した。

「ぷは、美味しかった。人の血よりも好みかもしれない。もう一杯欲しいな、橋持って来てくれる？」

茨木童子は味噌汁を気に入ってくれたようだ。

あやめはホッとすると同時に、少々拍子抜けしてしまった。

「茨木童子さん、お身体に影響はございませんか？」

すると、茨木童子が困ったように微笑んだ。

「大丈夫です。北の方様、ごめんなさい。豆の音がとにかくダメで、豆そのものを見るのも嫌になってしまって、鬼にとって脅威だと大げさに表現してしまいました」

「豆は音がダメなだけなのですね。良かった、食べたら身体に良くないわけではなくて……」

特定の食品を摂取することで、身体が過剰な反応を起こして死に至ってしまう人がいる。鬼にとって豆がそうだったらと心配したが、杞憂に終わったようだ。

その時。

「え？」

突然、あやめの両手を茨木童子が包み込んだ。

「北の方様、どうでしょうか？」

「どうでしょうとは、いったい？」

昨日から、やけに異性からの接近が多くて動揺してしまう。

「頭領ではなく、僕のお嫁さんに、ということです」

「ええっ⁉」

「人の血よりも美味しい食べ物を作れるなんて、そんな方にお会いするのは生まれて初めてです。どうか、僕と夫婦になってください」

まさかの茨木童子からの求婚に衝撃が走ってくる。

けれども、こんな時なのに、別のことが気になってしまう。

（そう言われれば、鬼童丸さんから、ちゃんとした求婚はされていない気がする）

お前は嫁だと告げられて、なし崩しに妻の座に落ち着いてしまっているのだ。

「ええっと、一応ですが、鬼童丸さんという夫がいますので、ごめんなさい。お味噌汁はまた作りますから」

「そっか、分かりました。仕方ないですね。ああ、人間時代のことを思い出したな、僕は……」

茨木童子は遠い目をしていていた。

もしかしたら、人間だった頃に想いを馳せているのかもしれない。

その時、あやめの背後に何者かが近づいてきたため、頭上にさっと影が落ちた。

「いつまでこいつと手を繋いでるんだよ！」

鬼童丸はあやめの背後に立つと、彼女の両脇を持ち上げてひょいと抱きかかえた。

「茨木、俺が喰いたかったのに人騒がせなことしやがって！　あとは俺の嫁だって言ってるだろうが⁉　ふざけんなよ！　てめぇはしばらく反省して、一人で屋敷の掃除でもしてろ！」

何やら鬼童丸の機嫌がすこぶる悪かった。

（どうしたのかしら、鬼童丸さん？）

あやめは自分のことを抱きかかえる鬼童丸のことが心配になってしまった。

「それにだ、あやめ」

「は、はい、どうなさいましたか？　きゃっ」

すると、あやめは身体を反転させられ、鬼童丸の方へと向き直された。すぐ近くに彼の顔があって落ち着かない。

「お前は、一応じゃなくて、俺の嫁だ！　隙が多いから、しばらくは俺の側から絶対に離れるな、いいか？」

有無を言わさぬ口調だったので、あやめはこくこくと頷いた。

すると、鬼童丸の口元が綻《ほころ》ぶ。

茨木童子が立ち上がりながらポツリと呟いた。

「頭領、わりと余裕がない……」

「うるせえな！　聴こえてるぞ、茨木！」

鬼の頭領の怒声が朝ののどかな山の中に響く。

この日を境に、大江山の鬼達は、ご飯に味噌汁を食べるのが毎朝の日課になったのだが、そのことを人間達が知る由《よし》もなかった。

第四話　姫、鬼と懐かしむ

京の都にある、あやめの生家にて。

真っ白な雪が降り積もる中、一人の男が荒れ果てた邸宅を訪れていた。

男の見た目は二十代のようにも見えるが、年齢を重ねたものにしかありえない雰囲気を身に纏《まと》っている。サラサラとした射干玉《ぬばたま》の黒髪に漆黒の瞳の持ち主であり、きりりとすっきりした印象の強い端整な顔立ちの美青年だ。四位以上の位階を示す黒の袍《ほう》を纏《まと》い、禍々《まがまが》しい妖気を放つ太刀《たち》を腰に差していた。

男はポツリと呟く。

「さくらは逝ったか……」

庭に植えてある木へと視線を移す。

冬の間には花を咲かせない丸裸の木の枝には、雪が積もっていた。

男は瞼を閉じると神経を研ぎ澄ます。

庭に残る気配から何かを感じ取った後、そっと瞼を持ち上げた。

「あやめ……そうか、鬼童丸が……」

重さに耐えられなくなったのか、雪が枝から音を立てて落ちる。

「――様！」

男は年若い武官に声を掛けられると、そちらを振り向いた。

そうして、もう一度だけ邸宅へと視線を向ける。

「すまない、間に合わず」

また一度だけ彼は謝った。

「すまない、利用するような真似をして……」

後悔の滲む声を、冷たい冬の風がどこかに攫って行ってしまった。

＊　＊　＊

茨木童子との一件があった日のこと。

夫婦として過ごす二日目の夜だったのだが、あやめはいつの間にか眠ってしまっていた。

翌朝、彼女が目覚めた頃には、鬼童丸は近くで胡坐《あぐら》をかいて座りながら、うつらうつらとしていた。

「おはようございます、鬼童丸様」

あやめは単衣《ひとえ》姿のまま、朱色の直衣《のうし》の下からそっと抜けた後、ゆっくりと彼の側に近づいた。

「ああ、あやめ、起きたのか」

鬼童丸が大きなあくびをする。

「昨日は衾《ふすま》の中で一緒に寝てたら、朝からやけにお前が驚いてたから、今日は端で寝てたぞ」

「そんな、夜は寒い日が続きますのに。大丈夫でしたか？」

「ああ、なんてこたねえよ、鍛えているからな」

「それなら、良かった。安心いたしました」

鬼童丸が風邪を引いていないようで、あやめはほっと一安心した。

「まあ、しばらく人間の修行僧達と一緒に過ごしていたことがあって、その当時のことを思い出していたがな」

鬼童丸は、再びあくびをしながら答えた。

明らかに睡眠が足りていない様子のため、あやめは心配になってしまう。

同時に、彼が口にした過去の話が気になった。

「鬼童丸さんは修行僧だったのですか？」

「ああ、幼い頃に母親から離れて山に預けられて、しばらく修行僧達と一緒に過ごしてたんだ。だが、悪戯が過ぎてな。そうこうしていたら、『酒呑童子の息子』だって、頼光の奴に目をつけられて……」

鬼童丸がよく名を出す武将・源頼光。

十五年近く前に酒呑童子を討伐してから消息を絶っているという。

「あんまり子どもの頃に良い思い出はないな。そうだ、頼光っていえば、お前はあいつに顔が似ているが、親戚か何かか？」

「頼光とは、源頼光公でございますよね？」

「ああ、源頼光だ。知らねえか？」

鬼童丸に嬉々とした調子で問われたが、あやめはふるふると首を横に振った。

「源頼光公は知っております。そのう、言いづらいのですが、鬼童丸さんの御父上であらせられる酒呑童子を倒した武将にございましょう？」

「ああ、その通り。俺にとっては父の仇でもあるな」

父の仇という物騒な単語が出てきたが、鬼童丸の瞳からは怒りも何も感じ取れなかった。

「それに、源姓と言えば天皇家の血筋。私の母は、大納言の娘ではありましたが、さすがに帝と縁戚関係にございませんでしたね。ただ……」

あやめは伏し目がちになると、単衣《ひとえ》の襟元をギュッと手で掴んだ。

「私は父が誰か分からないまま過ごしました。源頼光公と似ているというのでしたら、もしかしたら、遠いご先祖で繋がっていることがあるやもしれませんね」

鬼童丸が眉を顰《ひそ》めた。

「父が分からない？」

「ええ、そうにございます。母は最後まで父が何者かは教えてはくださいませんでした」

「そうか」

鬼童丸には何か思うことがあるようだった。

あやめはぽつぽつと続ける。

「父が誰か分からないからと、童の頃は周囲から奇異な目で見られました。それに、私の瞳もこの色ですから、外に出ると目立ってしまって……」

朝の陽光が、あやめの黄金の瞳をますます輝かせていた。

「一緒に遊んでくれる親戚の子もおらず。お金がないから、屋敷の修繕もできないので、平民の童達が透垣《すいがい》から物を投げてきたり、垣間見ながら陰口を叩いてきたり……なんてこともございましたね」

するとと、鬼童丸の手がそっとあやめの頭に乗った。かと思うと、ポンポンと撫でられた。

「大変な目に遭ってきたのに、よくここまで頑張って生きてくれたな」

あやめは目を真ん丸に見開いた。

鬼童丸の優しい瞳を見ていると、心がほろほろと溶けていくようだった。

目頭が熱くなり、涙ぐみそうになって、手を目元に持っていく。

「まあ、頼光とお前の顔が似ていることを考えても仕方ないか。せっかくだ、今日も朝から旨い飯を食わせてくれよ？」

「はい」

「それと……」

鬼童丸が外を見ながら語り掛けてくる。心なしか顔が赤い。

言い淀んで続きを教えてくれないものだから、あやめの方からどうしたのか尋ねてみることにした。

「何でしょうか？」

「単衣《ひとえ》」

「え？」

「はだけてるぞ」

「え？　あ？」

あやめは自身の胸元を見た。

「きゃあああああ――――！」

朝の大江山では、清涼な空気の中、新妻の叫びがこだましたのだった。

あやめは、気を取り直すと小袿《こうちぎ》に着替えた。

普段から着用している小袿《こうちぎ》で、色は質素な生成り色をしているが、綿の肌触りが良くてお気に入りの一着だった。

「おい、あやめ。上等な着物はいらないか？」

鬼童丸から尋ねられ、あやめは首を横に振った。

「茨木さんから、遠い昔、人から奪ったものだと伺いましたので」

「そうか、確かに人から強奪したものじゃあな。だったら、今度新しいのを頼んでやるよ」

「けれども、お金がかかってしまいますし、人と鬼とでは流通も違うのではありませんか？」

「安心しろ。鬼の界隈にも、ちゃんと着物作れる奴がいるんだって。俺が急にお前を屋敷に連れて来たせいで、準備ができずに悪かったな」

「そんなことはございません。お心遣いとても嬉しくございます」

「それなら良かった」

こまめな夫の気遣いに、妻の心は弾んだのだった。


そうして、あやめが朝から味噌汁とご飯を振る舞うと、鬼童丸は幸せそうに平らげていた。

鬼達の中にはあやめのことを警戒している者もまだいるようだが、昨日の朝に比べると、一緒に食事を取りたがる者達の方が断然多かった。

昼には、鬼童丸が近くの川で釣ってきた魚を一緒に炙ることにした。

黒い懸盤《かけばん》の上に朱器を置き、その上に魚を盛りつけると、脂が乗って美味しそうだった。

「魚を焼くのは俺も上手いだろう？」

「確かにその通りです、美味しゅうございますね。それにしては、冬の寒い川の中、冷たくはございませんでしたか？」

「ああ、冷たくはあったが、普段からやってることだからな」

「鬼というのは、身体がお強いのですね」

「人間達よりかは頑丈かもしれねぇな」

あやめが白い皿に盛りつけた魚を箸で食べる隣で、鬼童丸は焼いた魚を串に刺したままかぶりついていた。

「あやめは食べ方がやたら上品だな」

「お褒めいただき、ありがとうございます。貧乏でしたが、誰と結婚しても良いようにと母に躾けられておりましたので」

褒められ慣れていないので、頬がかあっと赤くなってしまう。

「そうか、良い母親だったのだろうな」

鬼童丸が淡く微笑んだ。

（人間が嫌いだと仰っていた鬼童丸さんが、人間のお母様のことを褒めてくださった）

まだ出会って三日目だけれども、何だか昔からの知り合いかのように錯覚してしまう。あやめは、鬼童丸に対して徐々に心を開きつつあった。

二人は昼食として準備した焼き魚と白ご飯とを全てたいらげると、台盤所《だいばんどころ》に食器類を片付けに向かった。鬼童丸も一緒に皿や盆の片付けを手伝ってくれる。

手を洗い、清潔な布で手を拭いた後、二人で渡殿《わたどの》を歩く。

すきま風がひんやりと冷たかった。

「まだ三日夜《みかよ》は済ませきってねえから、すまねぇが、今日までは屋敷の中の案内だけになるぜ」

「頭領様だから、忙しいでしょう？　案内は無理なさらずとも大丈夫です」

「無理はしてねぇよ。冷え込んだ風が入ってきやがる。ほら、手を貸せ」

「え？　あ、はい」

少しだけ強引な手つきで、手を握りしめられる。

彼の手は大きくて、あやめの手はまるで赤子のようだ。

触れ合う肌同士から、彼の体温がじわじわと伝わってくる。

「あとな、あやめ」

「はい。何でしょうか？」

「控えめなのは美徳だが、せっかくこの俺が旦那になったんだ。どんなことでも頼れる時は頼ってくれよ」

「え？」

「案内は無理なさらずって、さっき言ってただろうが？」

「あ……」

あやめは母一人子一人で生きてきたこともあって、一人で何でも頑張ってこなさなければいけない、誰かを頼るのは良くないことだと思い込んでしまっていたかもしれない。

「せっかくの夫婦だ。俺にできること、お前にできないこと、それぞれを補い合って生きていこうぜ」

鬼童丸は、白い牙を見せて太陽みたいに笑っていた。

あやめは彼のことを見上げると、にっこりと微笑んだ。

「鬼童丸さんはお優しいですね」

「なあに、甲斐性なしの夫になりたくないだけだ」

鬼童丸が今度は照れ臭そうに笑っていた。

(何だか一緒にいると胸がぽかぽかあったかい)

あやめの胸の中に一足早い春が来たようだった。

寝殿を出ると、屋敷の中の案内をされることになった。

「俺が生まれる頃に、親父である酒呑童子が、俺の母親が住んでいた上級貴族の屋敷を真似したんだ」

「だから、私達人間の住まいに似ているのですね」

「ああ。とはいえ、鬼……というよりも親父の感性で、軒先には大陸の祭りの提灯やらなにやらを下げてるがな」

「ああ、だから、外から見たら派手なのですね」

この屋敷が建った経緯を聞いて、あやめはふむふむと頷いた。

屋敷は、対と呼ばれるいくつかの殿舎と、それらを繋ぐ渡り廊下である渡殿《わたどの》で構成されている。

「俺達夫婦が一緒に暮らすのが、この寝殿だ。もう知ってるな？」

「はい、勿論でございます」

寝殿は家屋の中でも一番大きな作りをしている。鬼の活動時間が夜だからか、柱の間にある半蔀《はじとみ》は全て閉め切られており、奥にある庇《ひさし》と母屋《もや》を見ることは叶わなかった。

簀子縁《すのこえん》には飛んできた鳥が羽を休めており、時々ピチチと鳴いている。

東の対は、一昨日の夜に寝泊まりしたから、簡単な案内に留まった。

使用人達が住まう雑舎《ぞうしゃ》には台盤所《だいばんどころ》があるため、勿論もう覚えてしまっている。今は昼間であり、鬼達は眠りに就いているため、あまりうるさくしないように気をつけて板の上を歩んだ。

残りまだ出向いたことのない殿舎である、西の対、北の対を案内してもらった。それぞれの入り口には、観音開きの妻戸《つまど》が設けられている。猿つなぎと呼ばれる掛け金は内側からは掛かっていないようだった。

「広いですね」

「ああ、そうだろう？　今のところ、西の対、北の対には、誰も住んじゃいねえ」

殿舎の中は、基本的に柱が立っているだけの開放的な空間だ。壁代《かべしろ》や御簾《みす》といった屏障具《へいしょうぐ》で区切るのだが、そのどれもが豪華絢爛だった。いくつか障子もあるのだが、名のある絵師が手掛けたと思しきもので、躍動感ある筆致で鶴や亀といった動物達が描かれている。

「すごい、豪華……」

「こっちに置いてあるやつを、お前の部屋に持って行かせるから」

鬼童丸が指さした先にあったは、黒塗りの麗《うるわ》しき唐櫃《からびつ》や櫛笥《くしげ》などの調度だった。別の場所には、金箔で花が描かれている手筥《てばこ》もある。

（こんな豪華な収納具がこの世に存在するなんて！）

あやめは先ほどから圧倒されてばかりだ。

鬼童丸が思いがけないことをサラリと口にする。

「将来的に俺達の間に子どもができれば、東の対にそいつらを住ませて、お前が北の対に住めば良い」

「子ども！」

突然子どもの話を振られてしまい、あやめの顔がみるみる内に真っ赤になっていく。

「何だよ？　そりゃあ、人間と鬼とで種族が違うから、子どもはできづらいかもしれねえが、そのうちできるだろうさ」

「そうかもしれませんが……だって……」

あやめは頬を赤らめたまま鬼童丸へと告げた。

「子どもができるには、い、一緒に衾《ふすま》の中で寝ないといけないでしょう？」

「そりゃそうだ」

「……種族が違うから子ができづらいというのであれば……な、な、何度も……」

「お前、わりと発言が大胆だな」

その時、あやめがハッとなる。

「そういえば、鬼童丸さんと私は二日前にもう床を一緒にしてしまっています！　もしかしたら、子がもうできてしまっている？」

鬼童丸が唖然とした表情を浮かべていた。

「できてねえから、安心しろよ。はあ、こりゃあ、子どもが生まれるのはまだまだ先だな」

「どうして鬼童丸さんには子どもができていないって分かるんですか？」

「喰うって、どういう意味だと思ってるんだか……」

「鬼童丸さん、教えてくださいませ！」

「ああ、ああ、いつかたっぷり教えてやるよ。ほら、庭を見に行くぞ」

子どもができていないことがどうして分かるのかの謎は解けないまま、鬼童丸とあやめは、西の対から南にある西釣殿《つりどの》へと向かった。

外を見やれば、遣水《やりみず》が中庭にある池へと流れ込んでいるのだが、中央付近には氷が張っていた。池の端には、竜頭鷁首《りゅうとうげきしゅ》の船が停泊している。更に、離れ小島である中島には松や柳が植わっており、今はちょうど雪がかかっていた。

水の近くは冷えるからと、二人して寝殿へと戻る。

そうして、中庭に面した階に二人して腰かけると、空を眺め始めた。

ぼんやりしている間に、雲がもくもくと流れていく。

そろそろ日が暮れる。

鬼達が目を覚ます頃だ。

山の上だからか、沈む太陽がやけに近く感じた。

ふと、あやめの隣に座る鬼童丸が声をかけてきた。

「なあ、あやめ」

「鬼童丸さん、いかがしましたか？」

声をかけてきたはずの鬼童丸は、神妙な面持ちを浮かべていた。

「お前は、母と自分のことを見て見ぬふりをした人間達のことを憎むことはなかったのか？」

「そうですね。石を投げられたりしたら悲しくて、どうしてこんな目に遭わなければならないんだろうと思いはしました。けれど同じ人間でしたから、憎んだりなんかは……なかったですね」

憎んでいないと告げるのに少々躊躇《ためら》いはあった。

「そうか、妙なことを聞いたな」

「いいえ、何か気になることがございましたか？」

「いいや、特にはない」

だが、なんとなく鬼童丸の歯切れが悪かった。

「なあ、あやめ」

そうして、彼がこちらに振り向いてきた瞬間。

「大人の鬼達は騙されても、僕は騙されないぞ、人間の女！」

唐突に第三者の声が鳴り響いた。

声がしたのは、凍った池の中央にある中島からだ。

松の木の下に、鬼の男童《おのわらわ》が仁王立ちしていた。

人間でいうならば、成人儀礼を終えていない年頃の相手だ。見た目だけならば、あやめの半分ぐらいの年と言ったところだろうか。

青みがかった黒髪を、角髪《みずら》に結っている。くりくりとした丸い瞳の色は縹色《はなだいろ》をしており、少女と見間違えそうなほどの愛らしい顔立ちをしていた。

どうして性別が男だと分かったのかといえば、白い水干《すいかん》を纏《まと》っていたからだ。水干《すいかん》の袖括《そでくくり》の緒と九か所に縫い付けられている菊綴《きくとじ》は、彼の瞳の色と同じだった。

男童《おのわらわ》は可愛らしい顔を歪めて、あやめのことをキッと睨んでくる。

「人間の女なんて、本当に信用できない！　美味しいご飯を食べさせて、僕達を騙そうとしているんでしょう⁉」

「ええっと……」

「そんなに善人そうなふりをしてもダメだよ！　僕は馬鹿な大人達とは違うんだからね！」

ものすごい剣幕だ。

「お前みたいなみすぼらしい女、本来なら鬼童丸様に近づくことだって許されないんだからな！」

あやめはたじろぐと同時に、みすぼらしいと言われて、ちょっとだけ傷付いた。

騒ぎを聞きつけたのか、鬼達がわらわらと近くに寄ってくる。

鬼童丸がハッとため息をついた後、男童《おのわらわ》を見下ろしながらいつになく低い声を出した。

「八瀬《やせ》童子、俺の女に色々言っているが、覚悟はできてるんだろうな？」

少年の名は八瀬童子というらしい。

びくりと身体を強張らせた後、うっと言葉に詰まっていた。

鬼童丸は、鬼達の中でも身長がすこぶる高く、一間《いっけん》（約百八十センチ）以上はありそうだ。あやめも彼の胸元になんとか頭が届くぐらいである。更に、あやめよりも八瀬童子の身長の方がちょっとだけ低くて、鬼童丸の胸元まであるかないかぐらいなのだ。

（肉食動物に睨まれた小動物のような構図ね）

あやめは、なんとなく八瀬童子に対して憐れみの気持ちが湧いてきて、夫の腕にそっと手を置いた。

「鬼童丸さんのような大男から睥睨《へいげい》されれば、子どもは本当に恐ろしいと思います」

「あやめ、お前達人間の社会じゃどうか知らねぇが、鬼の社会じゃあ、あれだけ口達者で働ける年頃の奴は、俺達の間では大人と同等の扱いをされるんだよ」

「そうなのかもしれませんが、私には子どもに見えます。子どもだけでなく、お年寄りの人だったり、どんな相手の方に対しても高圧的な男性は苦手です」

あやめが諭すように告げると、鬼童丸が大仰に眉を顰《ひそ》めた。

「ああ？　だが、それじゃあ、頭領の威厳ってもんがな」

「子どもに対して威張り散らしているのは、あまり格好の良いものではありません」

夫婦でついつい話し込んでいると、八瀬童子が声を荒らげた。

「頭領も、たった数日一緒に過ごして、ご飯を食べさせられただけでしょう！　それだけで、すぐに相手を信用するなんて馬鹿なんじゃないですか⁉」

全身をブルブルと震わせながら、鬼童丸に向かって抗議を続ける。

「ちょっと前の頭領は、『人間なんざ滅びれば良い』ぐらいの勢いがあって格好良かったのに！　たった数日で骨抜きにされて！　なんか変な呪いにでもかかってるんじゃないですか⁉　今のあんたなんか、ただの腑抜けだ！　結局、人の血が流れた半鬼でしかない！」

何かしら思うことがあったのか、鬼童丸の頬がピクリと動いた。

その瞬間をあやめは見逃さなかった。

「あのう」

鬼童丸に声をかけようとした。

その時、何者かの腹の虫がぐ～っとなった。

「あ……」

どうやら八瀬童子のようだった。まるで採れたての林檎のように、みるみる赤くなっていく。そうしてくるりと踵《きびす》を返すと、何処かへと駆けて行ってしまった。

鬼童丸は男童《おのわらわ》の背を目で追いながら、大きなため息をついた。

「俺だから良いが、親父相手だったら、速攻で首が飛んでいるぞ。ったく」

「本当、酒呑だったら首が飛んでいるな……まあ、何だかんだで相手を見逃してあげるのが、鬼童丸様の良いところですよね……」

ぬっと茨木童子が現れた。どうしてだか、鬼童丸とあやめの間に割り入るような場所に立っている。

「きゃっ……」

茨木童子の身体に押し出されるような格好になってしまい、あやめの身体がぐらりと傾く。

すると、茨木童子はぬぼーっとした表情のわりに機敏な動作で、彼女の肘を掴んで支えた。

「大丈夫ですか？　北の方に何事もなくて良かった。それにしたって今日も可愛らしいですね……」

茨木童子はのんびりと話しつつも、やけに饒舌だった。

「は、はい、茨木童子さんが支えてくださったので……」

そもそも茨木童子が突如として出現したせいで倒れかけたのだが……という野暮なツッコミは入れなかった。（突然名前で呼ばれてドキッとしてしまった）

その時、あやめの空いている方の手を鬼童丸がはっしと掴んだ。

「唐突に出てくるなよ、茨木！　あやめが倒れかけたのは、お前が急に出てきたせいだっての！　ほら、俺の嫁から離れろ！」

あやめは茨木童子から引きはがされると、鬼童丸に抱きしめられる格好となった。

ぬぼ――っとしたまま茨木童子がポツリと呟く。

「鬼童丸様、案外余裕がないんですね……」

「ああ、煽ってるのかよ？」

鬼童丸は、不動明王のように憤怒に満ちた表情を浮かべていた。

「お二人とも、落ち着いてくださいませ」

あやめが、オロオロと二人の顔を見比べる。

「……残念だな……北の方様に触れるのは、またの機会にしよう」

「俺の嫁に勝手に触れようとするな！」

興奮冷めやらぬ鬼童丸とは違い、茨木童子は何事もなかったかのように話を始める。

「八瀬童子についてです」

「ああ、お前にしては珍しく、ちゃんと報告に来たのか」

「北の方様にお会いできるかもしれないと思いまして……ああ、いや、今のは言葉の綾です。頭領から報告しろって命じられていたから、今日は報告することにしました」

鬼童丸が頭を抱えてため息をついていた。

どうやら普段の茨木童子は仕事をさぼりがちなようだ。

(鬼童丸さんも手を焼いているのかしら……?)

父親の元部下だし、相手にするのに骨が折れているのかもしれない。

それにしたって、どうやら鬼童丸は八瀬童子が出現する前から、茨木童子へと調査の指示を出していたようだ。

「八瀬童子の育ての親である鬼婆に会いました。八瀬童子が、最近何も食べてないって心配していましたね」

「ああ、やっぱりそうか。八瀬の奴、明らかに以前に比べたら、顔が細いからな」

鬼童丸はしっかり里の鬼達の動向に気を配っているようだ。

茨木童子が進言する。

「しかし、先ほどの八瀬童子の態度と物言い。あれは過ぎた行動かと思いました。獄舎に連れて行きましょうか?」

「いいや、八瀬童子も腹が空いてイラついてたんだろう。放っておいてやって良い。そもそもだ……」

鬼童丸がこめかみを指でほぐすと茨木童子をギロリと睨んだ。

「八瀬童子よりも、てめえの方が頭領相手に過ぎた行動取ってんだろうが?　お前を獄舎に入れてやろうか？」

話途中だというのに茨木童子は忽然と姿を消したのだった。

「ったく、逃げ足の速い奴だ……」

鬼童丸はやれやれと首を横に振っていた。

あやめはちょんちょんと彼の袖を引っ張った。

「鬼童丸さん、ごめんなさい。色々と何も分かっていないくせに、口を挟んでしまいました」

「八瀬のことなら気にするな。人間のお前が来てから、そういう見方もあったのかと気付かされることは多い」

「人間独特の見方をしてしまっているところでしょうか？」

「そうだ。だけど、その違う視点っていうのが俺は大事だと思っている」

「違う視点というのは？」

すると、鬼童丸がサラサラの黒髪をかきあげながら続けた。

「人間の世界は元々人間の奴らだけで占めているのと同様に、鬼の世界は元から鬼の奴らばかりだ。だが、人間から鬼になった奴らも最近は多いし、俺に至っては半人半鬼だ。とはいえ、まだまだ少数派といって差し支えない」

彼が伏し目がちになると、紅玉の瞳に色濃い影が落ちる。

「人間でいうところの『貴族対庶民』の葛藤みたいなものが、鬼達の中では『鬼対半鬼、元人間』みたいな形となって、水面下で対立を続けているんだよ。鬼の中には、親兄弟を人間に殺された奴らも多いしな」

屋敷に住んでいる鬼達は、優しい者達ばかりだった。だから、勘違いしてしまいそうになるが、そんな鬼達ばかりではないのだろう。

「八瀬は東宮に顔が似てるってんで、人間に色々利用された過去を持っている。挙句、あいつも母親を人間に殺されている。そういう経緯があるから、人間であるお前を見て、過剰反応を起こすのも仕方がないところはある」

「あの童子も、親を亡くしているのですね」

あやめも母を亡くした傷がまだ癒えていないので、家族を失う気持ちが痛いほどに分かった。

「俺も両親を人間に殺されているし……だから、殺した相手と同じ種族である人間を恨む気持ちも分かる」

あやめの心臓がドキンと跳ねる。

そう。鬼童丸は元々、人間のことを憎んでいたのだ。

それに気になる言葉を彼が口にした。

（鬼童丸さんは人間を憎んでいる……？　だとしたら、自分の半分は人間の血が流れているのに苦しくはないの……？）

あやめの背筋にゾクリとした感覚が駆け上る。

妙な胸騒ぎのようなものが消えてはくれない。

「とはいえ、将来的なことを見越したら、人間も鬼も仲良くやっていった方が良いに決まっている。恐怖や力で相手を支配しようとしたって、うまくいくはずがねえからな。少なくとも、俺はそう考えている。勿論反発してくるやつもいるがな」

鬼童丸があやめを労わるような視線を送ってくる。

「俺自身が半鬼っていう中途半端な奴だから、そう思うのかもしれねぇがな」

彼は、哀愁が漂う笑顔を浮かべていた。

あやめは胸の前で両手を組むと、相手に向かってハキハキと告げる。

「鬼童丸さんは中途半端な方ではありません。鬼の頭領の仕事について憶測することしかできませんが、誰かをまとめ上げるというのは、本当に大変なことだと思うのです」

すると、鬼童丸の瞳が柔和なものへと変化する。

「そう言ってもらえるだけで、肩の荷が軽くなるな」

あやめは鬼童丸と出会ってからの数日間に想いを馳せる。

「ほんの少しの期間ですが、一緒に過ごして分かったことがあります」

「何だ？」

「鬼童丸さんは、鬼の皆さんと接している時、相手の瞳をしっかり見て話します」

「そんなの人間だってそうだろう？」

あやめは首を横にふるりと振った。

「人間の貴族には、従者《ずさ》の名前なんて覚えていないという人も多いです。けれど、鬼童丸さんは、全ての鬼達の名前を覚えておいでです」

「そりゃあ、上に立つ者として、それぐらいは当然のこった」

あやめは、またしても首をフルフルと横に振った。

「それだけではございません、いろんな方の生い立ちや現在置かれている状況や環境、知る事ができる限り把握しようと努めていらっしゃいます。誰にでもできることではありません。鬼童丸さんだからできるんです」

すると、鬼童丸の顔が一気に紅潮した。

「そうか、数日しか一緒に過ごしてねえのに、よく見られてるもんだな」

あやめは彼の反応を見ながら首を傾げる。

（鬼童丸さん、私と話す時はいつも顔が真っ赤になるけれど、そういう体質なのかしら？　鬼の血が流れているし、人間とはやっぱり身体の作りが違うのかもしれない）

鬼童丸が咳払いを一度した後、気を取り直したように続ける。

「まあ、八瀬もそのうち分かってくれると思いたいがな。しかし、何も食べてないのは心配だな」

「あの子、お腹を空かせていましたね」

「ああ、そうだ」

鬼童丸が物憂げな表情を浮かべている。

（良かったら、鬼童丸さんの役に立ちたい）

あやめは決意を固めると、胸の前で拳をギュッと握った。

「おせっかいかもしれませんが、私、台盤所《だいばんどころ》に立たせていただきます！」

台盤所《だいばんどころ》に立つ前に、あやめと鬼童丸は山の中を散策することになった。

理由はといえば、必要な食材を採取するためである。

「おい、あやめ。秋に紅葉していたツタは、この樹だ」

「まあ、ありがとうございます、鬼童丸さん」

「それで、このツタをどうするんだ？」

「茎の太さが、大体親指の半分以上の長さのツタを伐採していただきます。細いツタは三寸（約九㎝）前後、太いツタは一尺（約三十㎝）以下といったところでしょうか？」

あやめの言った通りのツタを、鬼童丸がいくつか伐採してくれた。

「太いものの切り口を袋で覆って、反対側に紐をつけて振り回しますと、このように袋の中に樹液が付きます。細いツタは、片側を布で覆って口に含んで吹き出しますと、樹液が数滴取れます。こうやって樹液を回収していきます」

「ああ、なるほど。しかし骨が折れる作業だな。鬼達にも協力してもらうか」

「助かります！」

あやめは、ぱあっと顔を輝かせる。

鬼童丸がそっと彼女の手を取った。

「鬼童丸さん？」

あやめは、相手の行動に驚いてしまい、目を真ん丸に見開いた。

「二人での初めての外出だったし、せっかくだからもう少し二人きりで過ごしたかったがな」

「え？」

鬼童丸は柔和な笑みを浮かべていた。

あやめの心臓は、はち切れんばかりに高鳴り始める。

「またの楽しみにしておくさ。今度は俺の馬で遠駆けでもしようぜ」

「はい！」

彼の申し出が嬉しくて、何だかむずがゆかった。

鬼達と皆で樹液を回収すると、屋敷への帰路についたのだった。


帰宅後、あやめは台盤所《だいばんどころ》に立つと、俄然張り切っていた。

「では、樹液を布で濾《こ》して未煎《みせん》（煮詰める前の樹液）を作ります。その間に、山芋を準備いたします」

そうして、山芋を洗った後、皮を剥いて削いでいき、酢水の中に落としていった。

「濾《こ》してできた樹液は、あまづら汁と呼ばれております。こちらを鍋で煮立たせます。煮立ったら、山芋を入れます。しばらくしてアクが出てきたら、汁ごと取り除きまして、山芋に火が通れば『芋粥《いもがゆ》』の完成です！」

室内に、芋のふくよかな香りと、あまづら汁の甘やかで濃厚な香りが漂う。

「旨そうだな。俺が先に味見をしよう」

「お待ちくださいませ、鬼童丸さん！　先に八瀬童子さんに持って行ってからにございます……って、ああっ！」

止めに入ろうとした時には、鬼童丸は鍋から匙《かい》で芋粥《いもがゆ》をすくって一口食していた。

「もっちりねばついた芋に、この甘い汁がとろりと濃厚に絡んでくるな。触感はなめらかで、ものすごく美味だ」

鬼童丸が破顔する。

「風味も豊かですし、芋の食感がほくほくして美味しいでしょう？」

「ああ、その通りだ。八瀬童子の分だけでなく、ちゃんと俺の分も後から準備し直してくれよ」

「ええ、分かりましたわ」

あやめは思わずクスリと笑ってしまった。

（綺麗で神秘的な顔立ちだけれど、時折恐ろしくもあって……だけど、こういう時には、まるで子どものような殿方ね）

鬼童丸の魅力を改めて再確認した一幕だった。

「では、八瀬童子さんのところに向かいましょう」

「おう」

鬼童丸とあやめの二人は、鬼の里へと下りることになったのだった。

鬼の里には、夜の帳《とばり》が降りていた。

鬼達にとっての活動時間でもあるからか、道端には鬼達がたむろしていた。

まずは、八瀬童子の育ての親である鬼婆の元へ向かうことにする。

鬼童丸の住む屋敷からしばらく南に下った先、畑の間の畦道を通って奥まった場所へと歩む。そうして辿り着いたのは、少し古びた小屋のような建物だった。

人間の庶民達も、小家と呼ばれる簡素な家や棟割《むねわ》り長屋《ながや》などに住んでいるが、鬼達も同じようだ。

「鬼婆、鬼童丸だ、入るぞ」

戸口の板をトントンと叩いた後、小屋の中へと踏み入った。

家屋内の半分は土間が占めており、奥半分に板が張られている。

板の間に背を丸めた人物の姿を見つけた。どうやら目的の鬼婆のようだ。

鬼童丸が、彼女の背に向かって声を掛けた。

「おい、生きてるのか？」

「勿論じゃよ、頭領」

鬼婆がこちらを振り向いた。足元まで届く長く白い髪。パサついているが、清潔に整えられているため、そういう髪質なのだろう、皺が多く、たるんだ肌の持ち主だ。

ニヤリと笑うと、歯がいくつか欠けており、しゃがれた声をしていた。

「八瀬のことなら、近くの小川に向かっているのだろうて。目を覚ましたら、夕暮れ時の川を見るのが、毎日の習慣じゃからな。それにしたって、今日は目覚めるのがいつもよりも早いようじゃったが……このババよりも早いとはよっぽどのことじゃて。ほほほ、ほほほほほほ」

鬼婆は全身を揺らして大笑いしていた。

（八瀬さんの育ての親である鬼婆さん。ご飯が入らない八瀬さんのことを笑い話にしたりして、本当に心配しているのかどうなのか、なんとなく分かりづらいわ）

とはいえ、茨木童子の話だと、鬼婆は八瀬のことを心配していると話していたわけだし、彼女なりの反応なのだろう。

鬼と人間では、やはり感覚が違うのだろう。種族の差異を目の当たりにしたような気がする。

あやめは人間の高齢者に接する時のように深々と頭を下げた。

「ありがとうございます、鬼婆様。人間の私に居場所を教えてくださって」

「奥方様よ、気にするでない。人との共存は、今後必要になってくるじゃろう。八瀬の母親もそうじゃったが、私もそう思うておるよ、ほほほ」

鬼婆は、歯をカタカタと揺らしながら笑っている。

「ありがとうございます」

「ふうむ。鬼童丸様の奥方様は、まことに美味しそうな姫様じゃて。ほほほ、ほほほほほ」

「え？」

暗がりの中にいたから気付かなかったが、鬼婆の手には鋭く尖った包丁が光っていた。

「ひっ」

あやめは小さな悲鳴を上げてしまった。

鬼童丸が話に割り込んでくる。

「おい、鬼婆、俺の嫁を怖がらせてんじゃねえ。ほら、あやめ行くぞ」

「はい、分かりました」

ニヤニヤする鬼婆に見送られながら、二人は小屋を後にしたのだった。

鬼童丸とあやめは、山の中を散歩がてら二人で歩く。

「そういえば、鬼の皆さんの特徴ですが、色は何か関係があるのですか？　肌の色が赤・青・緑・黄・白・黒の方が多いですよね？　それに人間のような身なりをしている方達は、肌の色は青白いですが、髪の色が人間とは少し違うでしょう？」

「ああ、あやめも気付いたのか？」

「ええ」

「鬼の純血種ならば単純に親から受け継いだものだ。人間から鬼になったり、俺みたいな半人半鬼の場合は、生前や生後に抱えた問題だったりで色が変化するんだよ」

「鬼童丸さんは、髪は黒いけれど赤みがかっていますよね。橋さんは黒髪、茨木童子さんは白い髪、先ほどの八瀬童子さんは、青みがかった黒髪でしたよね？」

「まあ、さっきお前が言った六色が主だな。一応、人間が後付けしてきた理由では、緑は『疲れや眠気』、黒は『疑い』、黄と白は『甘え』」

「青はどうなるのですか？」

「……『憎しみ・怒り』だ」

八瀬童子の髪が青みがかっているのは、人への増悪が影響しているのかもしれない。

ふと、一番気になる色の説明がまだなことに気付く。

あやめは鬼童丸のことを見上げる。

色の意味合いを聞くだけなのに、どうしようもなくドキドキしてしまった。

「でしたら、赤は？」

すると、鬼童丸があやめの顎に指を添えてきた。

「赤は、何だと思う？」

「ええっと……」

鬼童丸は出会った時のような妖艶《ようえん》な笑みを浮かべていた。

きっと魅了されて、彼の部下になった鬼達も多いに違いない。

彼がおもむろに顔を近づけてくるものだから、鼻先同士がぶつかった。

彼が艶然と微笑む。

「『欲しがり』、だよ」

「あ……」

彼の赤い口の中に白い牙が見える。

あやめの身の内に、背筋にぞくぞくとした感覚が駆け抜けていく。

恐怖というよりも、恍惚感に近い何かだ。

相手の色香に魅入られて、そのまま囚われてしまいそうだった。

(私、このまま……)

唇と唇が触れそうになった瞬間――

鬼童丸がゆるりと口の端を吊り上げた。

「そんな欲しがりな俺が、嫁も喰わずに頑張ってるとは思わねえか？」

「へ？」

しばしの間、あやめは目をぱちくりさせた。

「帰ったら、たらふくさっきの芋粥《いもがゆ》食わせてくれよ」

鬼童丸は、あやめの顎から手を離すと、先を歩き始めた。

「いったい今のは……」

相手に揶揄《からか》われたのだと気付くのに、しばらく時間がかかったのだった。


鬼婆の小屋からさらに山を下ると、ごうごうと川の音が聞こえてきた。山の中には雪解けしている場所もあり、普段よりも水かさが増しているようだ。

雪道の中、小さな足跡を追い掛ける。

周囲が暗くなりつつあるため、足元がよく見えない。

あやめは慎重な足取りだったが、鬼童丸は夜目が利くのかさっさと木々の間をくだっていく。

　ふと、彼が背後にいる彼女の方へと振り返った。

「あやめ、道が見えないだろう。ほら、おぶってやる」

「ええっと、おぶうのですか？」

「ああ、そっちが早い。昼間も言っただろう？　遠慮はしなくて良いんだ」

　あやめは小さい頃に母の背に乗りたがったことを思い出した。だけど、母は、あやめを産んで以来、体調を崩しがちだった。そのため、あやめが誰かにおんぶしてもらったことなど、ほとんどないに等しいのだ。

　鬼童丸がしゃがみ込んで背を差し出してくる。

　ドキドキしながら、彼の太い腕に両腕を回して、広い背に全身を預けた。

　彼が立ち上がると、視界が一気にぐんと高くなる。

「よし、先に行くか」

「はい」

　彼の体温と坂を下る振動とが、衣服越しに伝わってきて、ドキドキと落ち着かない。

　あやめをおぶっているにもかかわらず、鬼童丸の足取りに迷いは全くなかった。

「すごく高いですね」

「そうか？　面白そうで何よりだ」

彼が普段見ている高さを体感できて、何だか胸がムズムズした。

「鬼童丸さん、あちらに」

「ああ、見えたな」

二人の視線の先、八瀬童子が川のほとりにしゃがみ込んでいた。

川の流れの音に混じってグズグズと涙を流す声が、あやめの耳に届く。

八瀬童子の瞼は、暗がりでも分かるぐらい腫れ上がっており、鼻先も真っ赤になってしまっていた。

ひんやりとした風が吹く中、あやめは鬼童丸に地面へと降ろしてもらうと、そっと泣いている八瀬童子の側に近づいた。

「八瀬童子さん、冬の川辺は寒いですよ？　鬼だから関係ないのかもしれませんが、暗くなってきていますし、お家に帰りませんか？」

すると、声をかけられた八瀬童子は、ハッと身をすくめると、金切り声を上げた。

「お前に関係ないだろう⁉　あっちに行ってよね！」

だが、あやめはくじけずに彼の側へと近寄った。

「来るなよ、人間なんか嫌いなんだよ！　人のことを利用するだけして！　大嫌いだ！」

八瀬童子は、まるで吼える子犬のように威嚇してくる。

「八瀬童子さん、話を……」

「本当にうるさい奴だ！　あっちに行けってば……あっ……！」

八瀬童子は立ち上がると後退していたのだが、小岩に蹴躓《けつまず》いてしまった。冬の川の中に向かって、身体がぐらりと傾く。

あやめは悲鳴を上げた。

「危ない！」

濁流から顔を覗かせる岩に、八瀬童子が頭をぶつけてしまいそうになる。

ぶつけなかったとしても、勢いの増した川で流されてしまうかもしれない。

あやめは、咄嗟に八瀬童子に向かって腕を伸ばす。

何とか、彼の水干《すいかん》の袖を掴むことに成功した。

だが、体勢が崩れ、あやめも川に倒れ込みかける。

（あ、このままだと……！）

二人して土色に汚れた川の中へと落ちてしまう！

あやめが覚悟した瞬間、二人の周囲に風が巻き起こった。

鬼童丸の風の妖術だ。

「鬼童丸さん！」

「頭領！」

二人の身体はふわふわと浮遊した後、川辺の方へとゆっくり引き戻される。

あやめが地面に足をつけると、背後から鬼童丸に抱き寄せられた。

「あやめ、あんまり無謀なことはするんじゃねえ！」

彼の声音はいつもよりも悲壮感に満ちており、自分がいかに危険な真似をしたのか、後からじわじわと実感が湧いてきた。下手をしたら、濁流に呑み込まれて、命を落としていたかもしれないのだ。そう思うと全身がカタカタと震え出す。

「鬼童丸さん、ごめんなさい。今の風は、鬼童丸さんですよね？　助けていただき、ありがとうございます」

「はあ、心配かけやがって。怪我はないか？」

「はい……」

あやめの震えに気付いたのか、鬼童丸の腕の力が強くなる。

彼の温もりを感じていると、徐々に震えは落ち着いてきた。

「何で助けたんだよ」

八瀬童子の顔は少しだけ青ざめていた。

「八瀬童子さん、私は……」

あやめが何かを伝えようとしたところ、鬼童丸が二人の間に割って入った。

「八瀬、助けてくれた相手にまで態度を悪くするな。それと……」

するとと、鬼童丸が八瀬童子へとおもむろに椀を差し出すではないか。

「ほら、これを食え、飯だ」

あやめは驚きに目を白黒させてしまった。

（あれは、先ほど作った芋粥《いもがゆ》。八瀬童子さんを小屋に連れて帰ってから食べてもらおうって話していたのに……鬼童丸さんは、いったいどこから取り出したの？　それに、でき立てみたいにほくほくしているのは、どうして？）

しかしながら、彼女の疑問はどこ吹く風で、鬼童丸は八瀬童子に椀をグイグイ押し付けた。すると、八瀬童子は怒りを露わにする。

「どうせ、その女が作った食べ物でしょう？　嫌ですよ！」

「面倒くせえな、頭領命令だ。食え」

「嫌です、いくら頭領の命令でも聞けません！」

「食えって言ってんだろう？　甘くて旨いぞ」

主従の間へと、今度はあやめが割って入る。

「鬼童丸さん、ご飯は誰かに強制して食べさせるものではありません！」

「何で、あやめは俺ばっかり叱ってくるんだよ！」

あやめは八瀬童子に向かい直した。

「無理強いはいたしませんので。けれども、もしよろしければご賞味ください。甘くてほくほくして美味しいですよ」

「人間のお前なんかに釣られないぞ！　どうせ毒でも入ってるんだろう？」

八瀬童子はまだ年若いというのに、猜疑心の塊のようだった。

どうにかして毒が入っていないことを証明できないかと考えあぐねる。

「いいえ、毒など入れてはいません。私は貴方のことが心配なのです」

八瀬童子は眉を顰《ひそ》める。

「心配？　初対面の相手なのに？」

「ええ」

「……どうせ、油断させるための罠なんだろう？」

あやめは、どうにかして八瀬童子に誠意が伝わる方法を考える。

きっと取り繕った言葉では伝わらないだろう。

（だとしたら、正直な気持ちを伝えるまでよ）

あやめは覚悟を決めると、八瀬童子と視線を合わせて、きっぱりと告げた。

「罠ではございません」

「だったら、何で僕にこんなに構ってくるんだよ」

あやめはそっと瞼を閉じる。

「八瀬童子さんのお母様、人間に対して友好的な鬼だったと伺っています」

「誰がそんなことを？」

「鬼婆さんが教えてくださいました」

八瀬童子はキュッと唇を噛みしめると、地面へ視線を落とした。

「何日も空腹だったのに急に食事を摂ると、心の臓に負担がかかります。ですから、少しずつ召し上がってください」

あやめの向ける慈しむような視線に耐えられないのか、八瀬童子は俯《うつむ》いたままだった。

だが、しばらくすると顔を上げる。

「頭領、貸してもらえますか？」

八瀬童子は鬼童丸から椀を受け取ると、縁に口をつける。

ずず……

まだ温かな芋粥《いもがゆ》を、ゆっくりと飲み始めた。

「甘くて、あったかくて、とろとろしてる」

ポツリ、ポツリ。

「昔、母様と一緒に、人間に分けてもらった食べ物に似てる」

八瀬童子の瞳から、ポロポロと涙が零れ始めた。

「母様は本当に優しい人だったんだ。生まれながらの鬼だったけれど、人間に対してだって優しくって。すごくお人好しだから、周りの鬼達にも心配されるぐらいの……」

あやめは黙って話を聞いた。

「ある時、人間達から助けてほしいって依頼があった。たまたま僕の顔が東宮に似てるから、どうか人間達を救うために東宮のふりをしてほしいって」

拝謁したことはないが、現・東宮はとても愛らしい顔立ちをしているとの噂だ。彼に似ているという八瀬童子の顔立ちも、とても整っていて愛らしい。

「そうして、母様と僕は、人間達に協力することになったんだ。周囲の鬼達は反対していたよ。けれど、僕達母子は馬鹿みたいに人間を信じてたんだ」

八瀬童子の顔には、やるせなさが滲んでいた。

「だけど、蓋を開けてみれば、東宮に顔が似ているからって、『東宮のふりをして金を回収する』ような仕事をさせられたんだ」

「そんな！」

それまで黙っていたあやめだったが、思わず悲痛な声を上げてしまった。

「そう、実際には、人間達の金稼ぎに利用されただけだったんだ」

八瀬童子は、自嘲気味に微笑んだ。

「気付いた人間の役人に僕達母子は捕まって、その後は悲惨だった。鬼だって気付かれた母様は、僕のことをかばって、そのまま調伏されたんだ」

あやめの身の内に衝撃が走る。

（人間に騙されて命を落としただなんて……）

たとえ異種族であろうと、あまりにも非道な振る舞いだ。

「鬼の仲間達には信じるなって言われてたのにさ。本当にしようもない話だよ」

八瀬童子は寂しげに笑った。彼の把持《はじ》する椀が軋んで、ギシリと音が鳴る。

その時、ぽつぽつと地面に雫が落ちる。

（雨？）

あやめはそんな風に思ったのだが、土を濡らしているのは、八瀬童子の涙だった。

「僕が……僕のせいで……僕がいたから……母様は……」

肩を震わせながら、八瀬童子が泣きじゃくる。

「僕さえ、生まれてこなければ……良かったのに……僕なんて、いなくなってしまえば……！」

このまま消えてなくなってしまいそうで……

風が吹けば飛んでいきそうな……

そんな脆くて儚い硝子細工のようだ。

あやめは胸の前でギュッと両手を組むと口を開いた。

「お母様が亡くなったのは、八瀬童子さんのせいではありません！」

「え？」

「それに、理由だって、しょうもなくなんかありません」

八瀬童子の青い瞳が忙《せわ》しなく揺れ動く。

「何で、そう思うんだよ？」

あやめはまっすぐに伝えた。

「人は、時に鬼よりも恐ろしい行いを致します。集合した人の怨念は、鬼なんかよりもよほどおぞましく、恐ろしいものです」

あやめの黄金の瞳が揺れ動く。

過去に人からされた振る舞いを思い出す。

同じ種族であるはずの者に対して勝手に優劣をつけて、相手を平然と見下してくる。

悲しいというより怒っていた時もあった。けれども月日は経っていき、忘れた方がマシだと自分に言い聞かせて、忘れたふりをして生きてきた。

けれども、どうしようもない心の傷が、時々じくじく痛み出す。

きっと、あやめを迫害してきた類の人間が、八瀬童子の母を殺したに違いない。

「必ずしも人が善で鬼が悪だとは思わない。よほど人の方が鬼のようだと思うことがあります。ごめんなさい、まとまりがなくて」

あやめは八瀬童子に対して頭を下げる。

「同じ人間として謝ります。八瀬童子さん、お母様にひどいことをしてしまい、本当に申し訳ありません」

「……っ……！」

八瀬童子が息を呑むのが伝わってくる。

「怖い目に遭わせてしまい、本当にごめんなさい」

「どうして北の方が謝るのさ。貴方は、あの時の人間達じゃないのに」

しばらくの間、誰も言葉を発さなかったが、沈黙を破ったのは八瀬童子だった。

「……鬼も人も、個人で違うということ？」

ぽつりぽつりと八瀬童子が口を開いた。

あやめは、すぐには答えなかった。少しだけ寂しそうに笑った後に、ゆっくりと続けた。

「鬼だろうが人だろうが、一人ひとり置かれている環境も、抱えている事情も、考える思想も、それぞれ人によって違うものです。だから良い人間もいれば悪い人間もいて、良い鬼もいれば悪い鬼もいる。種族なんて関係なく、各々がいろんな生き方をしていて、全く同じ人物はこの世に存在しない。だからこそ面白いし、争いも生まれる」

話を振られた八瀬童子は、キュッと唇を引き結んだ。

鬼童丸がふっと微笑んだ。

「人間だからとか鬼だからとか、種族関係なく、八瀬を殺した奴が悪い奴らだったに過ぎない。あやめの言い分は、そういうことだな」

あやめはこくんと頷いた。

「お母様が殺されてしまったのだって、八瀬童子さんとお母様が悪いからではございません」

すると、八瀬童子の瞳にみるみる涙が溜まってくる。

なぜか鬼童丸も頬をピクリとさせた。

「頭領、それに北の……」

彼が何か言いかけた、その時。

ガサリ。

川の近くの茂みが揺れ動き、キラリと銀が閃《ひらめ》く。

「何者だ！」

鬼童丸が咄嗟に身構えた。

ガサリガサリ。

そうして、揺れ動く草葉の間から、何者かが姿を現す。

「八瀬や、ババの可愛い養い子や！」

そこに立っていたのは、鬼婆だった。彼女のぼさついた白髪は、更に激しく乱れており、枯れ葉が乗っかっている。足腰が痛むのだろうか、しきりに腰をさすっていた。

そうして……もう片方の手にはキラリと包丁が輝いている。

「迎えに参ったぞ、さあ帰ろうて、ほほほ」

イマイチ表情は分かりづらいが、鬼婆は瞳に涙を浮かべているようだった。

「ごめんなさい、鬼婆様、心配をかけてしまって」

「ほほほ、子どもは大人に心配をかけるのが仕事じゃて、ほほ、ほほほ」

八瀬童子は鬼婆の元へと歩み始める。そのまま帰ってしまうと思いきや、あやめの前を通り過ぎようとした時に、ピタリと立ち止まった。そうして、彼女に向かって椀を差し出した。

「この芋粥《いもがゆ》。母様の味を思い出したや。ありがとう。あと、そうだ」

すると、八瀬童子は頬を朱に染めると同時に毒づいた。

「お前みたいなお人好し！　母様みたいに誰かに利用されて終わるんだからな！」

「はい、そうでございますか？」

すると、八瀬童子があやめを見上げた。彼の瞳は爛々《らんらん》としていた。

「だから、頭領が側にいない時は、僕がお前を護ってやるよ！」

「え？　まあ、ありがとうございます」

あやめが八瀬童子に感謝を伝えていたら、鬼童丸からそっと抱きしめられた。

突然、彼の胸板に頬を寄せる格好となってしまい、胸がドキドキしてくる。

「鬼童丸さん？」

鬼童丸の表情を見やると、どうにも不機嫌そうだった。

（何か気に障るようなことを言ってしまったかしら？）

あやめが身を強張らせていると、八瀬童子が鬼童丸に向かって告げる。

「頭領、その人間の女が側にいる時は、何だか雰囲気違うよね」

すると、鬼婆が包丁片手にニヤニヤしていた。

「女子には優しくしておいた方が良いですぞ、ほほほ、ほほ」

そうして、八瀬童子と鬼婆は姿を消したのだった。

「あいつら、好き放題言いやがって」

鬼童丸がぼやいた後、あやめを抱く腕の力がますます強くなった。

「鬼童丸さん？」

誰も近くにいない暗がりで、川のせせらぎを聴きながら、しばらく抱きしめられたまま過ごす。

鬼童丸が何も喋ってくれないので、少々心配になりつつあった時、ついに口を開いてくれた。

「八瀬の奴も元気になった。俺達は屋敷に帰るぞ」

「はい、分かりました」

『八瀬の奴は』ではなく『八瀬の奴も』といったのが、なんとなく気になってしまったが、どうしてなのかを尋ねることはできなかった。

鬼童丸が転移の術を行使してくれたので、帰りは早く屋敷に着いた。

その後、鬼童丸はあやめお手製の芋粥《いもがゆ》を堪能したのだった。


そうして、迎えた三日目の夜。

今晩は朧月夜だ。月が淡い光を放っている。

いよいよ月が中天に差し掛かる頃となった。

御帳台《みちょうだい》の下、あやめは身を強張らせていた。

（殿方と一緒に眠るのは、やっぱり緊張してしまう。それにしたって、鬼童丸さん、なかなか来ない。外にいるのかしら？）

単衣《ひとえ》で寒いので、近くに掛けてあった朱色の袿《うちぎ》を肩に羽織ると、そっと御簾《みす》の外に出た。

屋敷の中に凍えるような風が吹いてきて、松明《たいまつ》の炎がゆらゆら妖しく揺れ動いた。

あやめはそっと両腕で自身の身体をかき抱く。

（今日は一段と冷えるわね。あ……）

庭に面した階の上、鬼童丸が単衣《ひとえ》姿で酒を呷《あお》っていた。

また強い風が吹くと、彼の赤みがかった黒髪がさらさらと揺れる。

月明かりに照らされた横顔は、魔性の美しさを放っていた。

あやめが濡れ縁に出てきたことに気付いたのか、ゆっくりと振り仰ぐ。

「どうした、あやめ？」

「いいえ、なかなかいらっしゃらないので」

御帳台《みちょうだい》の中に、とは、何だか気恥ずかしくて言えなかった。

「ああ、悪ぃな。酒を飲んでたら遅くなっちまったな」

そうして、月明かりの下、鬼童丸が残りの酒を飲み干す。

妖艶《ようえん》な姿に、あやめは思わず魅入ってしまった。

「鬼童丸さん、そんな格好で寒くはありませんか？」

「いいや、そんなこともねえが、人間のお前は寒いのか？」

「ええ、そうにございます」

鬼童丸が、おもむろに階へと杯を置いた。

あやめはその隣に、ちょこんと腰かける。

「連日、俺の部下達がお前に迷惑をかけているな。詫びと礼を言っておく」

「いいえ、そんなことはございません。私の方こそおせっかいで、鬼の皆様にご迷惑をおかけしていないかと心配です」

「そんなことはねえさ。お前が来て三日経つかどうかぐらいだが、お前の飯に魅了されている鬼達の多いこと、多いこと。今日の夕飯に出て来た味噌汁も、今までのとは風味が違って良かったな」

あやめの瞳が爛々《らんらん》と光る。

「そうでございましょう？　昨日は昆布と鰹節でだしを取りましたが、今日は煮干しで取ったのです。冷たい状態から熱を加えることで、魚本来の旨味が引き出されます。それに同じ煮干しでも、煮て乾燥させたものと焼いて乾燥させた『焼干し』でも、これまた風味が変わりまして！　産地や水の種類でも大きな違いがございますし！」

あやめは、わあっとまくしたてた後に、ハッとした。

「ごめんなさい、喋り過ぎました。雅でも何でもございませんわね。お許しくださいませ」

すると、鬼童丸がカラカラと笑った。

「いいや、本当に料理が好きなんだなって感心したよ。好きなものがあるのは良いことだな」

「え？　ああ、ありがとうございます」

ふと、あやめの表情が翳《かげ》る。

「屋敷に仕える使用人達の中には、『いくら貧乏とはいえ、姫なのに料理をするのか？台盤所《だいばんどころ》に立つなんて』と嫌がる者も多かったのです」

「へえ？」

鬼童丸の片眉が上がった。

「『適齢期が来ても殿方が誰一人訪ねて来ないのは、貧乏だけが理由ではない、姫が変わっているからだ』と、影口を叩かれているのを、耳にしたことがございます」

すると、あやめの頭に鬼童丸の大きな掌が乗せられ、猫でも撫でるかのように、柔らかく撫でられる。優しく慈しむような手つきで、何だか胸がぽかぽかしてくる。

「陰口叩く奴は、どこにでもいるもんだな。お前が気にすることでもないさ。まあ、鬼の俺が人間のことを言っても、どうしようもないかもしれないがな」

「そんなことはございません。八瀬童子さんにも言いましたが、人の心の方が鬼よりも恐ろしいことだってあるし、鬼や人だからではなく、悪いことをする人が悪い人なのです」

鬼童丸がふっと淡く微笑んだ。

あやめが八瀬童子に話していた時も、同じようなことがあった。

いつもは太陽の如く猛々《たけだけ》しいのに、時折儚く脆い月のようでもある。

あやめは思いがけず、鬼童丸の手に手を重ねてしまった。

（大胆過ぎたかもしれない）

けれども、鬼童丸があやめの手を振り払うことはなかった。

彼の体温がじわじわ伝わってきて、寒さがどこかに吹き飛んでしまいそうだった。

ふと、日中の彼の言葉が脳裏を過《よぎ》る。

『俺も両親を人間に殺されている。だから、殺した相手と同じ種族の人間を恨む気持ちも分かる』

（そういえば、八瀬童子さんだけでなく、鬼童丸さんもお母様を人間に殺されているようだった。それに、人間のことを憎んでいたとも話していた）

鬼童丸の父親は酒呑童子、母親は人間の姫だという。

だとすれば、過去に想像を絶する何かがあったのかもしれない。

ふと、あやめの頭の中に何かが浮かんで来ようとする。

八瀬童子ぐらいの年の頃の男童《おのわらわ》が――

（あれ？）

しかしながら、思考は唐突に遮断されてしまった。

「ああ、しかし腹が減ったな」

「え？」

鬼童丸は、たくさんご飯を食べていたような気がしたが、もう腹が空いてしまったのだろうか？

「それに、寒いな」

「先ほどは、そんなに寒くはないと仰っていませんでしたか？」

その時、鬼童丸がふわりとあやめを袿《うちぎ》ごと抱きしめた。

（え？　え？　え？　いったい全体、どうしたの⁉）

突然の出来事に、頭の中が真っ白になる。

少しだけ低い声が耳元で聞こえた。

「さて、三日目の夜だ」

「鬼童丸さん？」

ふと、額に柔らかなものが触れた。

何だろうかとしばし逡巡したが、すぐに気付く。

鬼童丸の唇だ。

羞恥で全身が一気に火照っていく。

「ちいっとばっかし、夫婦みたいな真似事しても悪くはねえんじゃないかって。この俺がずっと女に手を出してないってのも、鬼達に知られたら格好がつかねぇかもなって」

「ええっと……？」

「身体は喰えてねえんだとしても、さすがに身体は……なあ？」

あやめは、口づけられた額に両手を添えた。

「ひゃあっ！」

「え？　え？　ええっと。二日前とは言っていることが違いませんか？」

あやめが混乱していると、今度は、彼の唇が彼女の頬に忍び寄った。

「ひ、ひえっ！」

このまま口づけられてしまうかもしれない。

だが、その瞬間は訪れなかった。

あやめが目を開くと、鬼童丸がくつくつと笑い始める。

「わりぃな、揶揄《からか》い過ぎたみてえだな」

彼の唇が彼女の頬から遠ざかった。

（揶揄《からか》われた？）

顔から火が噴き出そうなぐらい恥ずかしい。

「さあ、そろそろ寝に行くとするか」

鬼童丸が片膝に手を乗せて立ち上がろうとする。

（あ、離れちゃう）

何だか寂しさが胸の中に込み上げてくる。

気付いた時には、あやめは鬼童丸の単衣《ひとえ》の裾を引っ張っていた。

「どうした？」

あやめの火照りはおさまらない。

熱に浮かされたかのように言葉を発した。

「ぜ……全部は無理ですけれど……その……ちょっ……ちょっとだけなら……！」

「ちょっとだけなら？」

あやめは大きく息を吸うと叫んだ。

「食べていただいて構いません！」

「は？」

鬼童丸は面食らってしばらく動けないようだったが、しばらくすると階の上にしゃがみ直した。心なしか頬が赤らんで見える。

「じゃあ、お言葉に甘えようとするか」

鬼童丸の指があやめの頬に添えられた。

紅い瞳に搦め捕られて、身動きが取れそうにない。

彼の美しい顔が、ゆっくりと近づいてきた。

少しだけ薄い唇が目に入ると、心臓がドキドキして落ち着かない。

「あ……」

あやめの唇に柔らかなものが触れる。

誰かと口づけるのは初めてで、全身がギュッと強張った。

触れ合ったのは、ほんの少しの時間のはずだ。

だけど、途方もなく長い時間、口づけ合っている錯覚に陥る。

そっと彼の唇が離れた。

「一応ここまでだ。これ以上は、ちょっとじゃ済みそうにないからな。さて、今度こそ戻ろうか」

再び立ち上がろうとした鬼童丸だったが……

「あ、あの……」

あやめに呼び止められてしまう。

「ああ？」

彼女の潤んだ金の瞳に、今度は彼が囚われる番だった。

「ああ」

あやめの意図を察知して、鬼童丸がふっと微笑んだ。

「人間の女にねだられるのも悪くないな」

彼の長い指と彼女の華奢な指とが絡み合う。

そっと二人の唇が再び重なり合った。

月明かりに照らされる中、しばらく二人は口づけ合って過ごしたのだった。

第五話　姫、鬼に嫉妬する

翌朝、まだ陽は昇っておらず、ぼんやりと空が明るみ始めた頃のこと。

寝所にある御帳台《みちょうだい》の下、鬼童丸は後悔していた。

「完全にやらかしちまったな……」

昨晩、寝所の庭に面した階の上、鬼童丸とあやめは初めての口づけを交わした。軽く唇を触れ合わせて終わるはずだった。けれども、鬼童丸のあやめに対する好奇心や興味が勝ってしまった。

少しだけ調子に乗り過ぎてしまい……

ほんの少しだけ彼女の唇を深く貪ってしまって……

本当に少しだけ舌を絡めた頃には……

あやめは顔を真っ赤にしたまま気を失ってしまったのだった。

『悪い、あやめ……！』

だが、気絶した彼女に彼の声が届くことはなかった。

そのため、鬼童丸はあやめの身体を直衣《のうし》でくるむと、御帳台《みちょうだい》へと連れて帰ったのだ。

――そうして、現在。

鬼童丸はあやめに添い寝している状態なのだが、やけに身体が軽くなったような気がした。

「何だ？」

これまでは、まるで鉛《なまり》か何かが全身に乗っているかのようだったのに……

「ああ、もしかすると、あやめの体液が俺の口の中に入り込んだから、頼光がかけた呪いが、少しだけ解けたってところか？」

因縁の相手である武将・源頼光にかけられた呪い。

呪いを解くために、いやいや探していた生贄があやめだった。

花嫁にする気など毛頭なかったというのに……

出会った瞬間、鬼童丸の本能が訴えかけてきたのだ。

……この女が我が贄《にえ》だ。

……必ず手に入れなければいけない。

そう、花嫁として。

気付けば、彼女のことを妻にするために攫っていたのだった。

自分でもどうしてだかは分からなかったが、亡き父も母に惹かれて山に攫った過去がある。

だから、鬼としての本能的なものなのだろうか？

人間に対して恨みがあれども、母も人間だったし……

あれだけ憎んでいたはずだったのに……

人間である彼女を妻にするのも悪くない。

鬼童丸はそんな風に考えるようになっていたのだ。

「俺はあやめが作る料理が好きだ」

だから、彼女の手料理に絆されたのか？

それとも……

「俺があやめにこんなに惹かれているのは……」

頼光の呪いのせいなのだろうか？

鬼童丸はあやめの寝顔を眺める。すると、どうしようもない渇きを覚えた。

「ああ」

このまま喰らってしまいたい。

きっと旨いに違いない。

相手に心を鷲掴みにされてしまったかのように、離れることができない。

鬼童丸があやめの細首に喰らいつこうとした、瞬間。

「落ち着け」

彼本人が自身に待ったをかけた。

昂《たかぶ》る呼吸と荒ぶる本能を押さえつける。

あやめのことは食べ物として魅力的に感じているのか、それとも……

「……ん……？」

鬼童丸の目の前で、あやめが寝返りを打った。

「あやめ」

人間にも鬼にも、誰かに裏切られるのには慣れている。

けれど、あやめにだけは、どうか自分を裏切らないでいてほしい。

そんな願いが胸を支配してきて苦しくなってくる。

「なぜこんなに惹かれるんだろうな？　呪いか？　いいや、きっとそうじゃない」

頼光がかけた呪いは、あやめを喰わないと生きながらえることができないというものであり、言霊絡みの「食う」と「喰う」で夫婦として結ばれる方法もあるというだけのものだ。

「きっと本能的にあやめの身体を欲するのは呪いの類だ。けれども、心がこんなにも惹かれるのは……俺自身の心だ」

鬼童丸はあやめの頬にかかった黒髪をかき上げる。そうして、彼女のこめかみに柔らかな口づけを落としたのだった。


鬼童丸とあやめの三日夜《みかよ》も無事に終わったことになり、二人が夫婦と認められて数日が経った。

あやめは、鬼の使用人達とも仲良く暮らし、順風満帆な日々を過ごしている。

毎日、台盤所《だいばんどころ》に立って手料理を振る舞った結果、鬼達の食生活はどんどん改善してきていた。鬼達から請われ、料理の指導に当たる日々はとても充実したものだった。

ある時、茨木童子がひょっこりと顔を出した。

「北の方が作る食事が美味しいから、鬼の皆も衝動的に人間に襲いかかる数が減ってきたんだってさ」

「まあ、嬉しい言葉にございますね！」

あやめに対して、鬼童丸が満面の笑みを浮かべて礼を告げた。

「鬼達の生活が良くなっているのは、お前のおかげだ、あやめ」

「ありがとうございます」

あやめの顔が、林檎もかくやと言わんばかりに真っ赤になる。

そんな夫婦二人の姿を茨木童子は少しだけ面白くなさそうに眺めていたのだった。


そうして、現在。

鬼の里に夜の帳《とばり》が降りた頃。

「まるで仏像みたいだな」

「ぶ、仏像にございますか⁉」

鬼童丸の突拍子もない言葉を聞いて、あやめは目を白黒させていた。

（旦那様に仏像と言われてしまうなんて）

里を下りてすぐにある寺の、お堂におわした仏像のことを思いだした。

衝撃で固まっていると、鬼童丸が慌てて口を開く。

「すまねぇ、気を悪くしたか？　年頃の女に言う台詞じゃなかったな」

後悔の滲む声を耳にして、あやめは慌てて訂正する。

「いいえ、鬼童丸さんの言う通り、仏像もかくやの固まり具合ですし。昨日はいつの間にか、一緒に眠っていたので……」

あやめの顔がみるみる紅潮していくと同時に、声が次第に小さくなっていく。

「その、最初から衾《ふすま》の中でこんな風に一緒なので、ものすごく緊張しています」

そう、あやめは、鬼童丸と一緒に床に就いていたのだ。

(鬼達に夫婦だって分かってもらうために、毎晩一緒に眠るだけのはずなんだけど)

別に衾《ふすま》を共にする必要だってないはずなのに……

どうしてだか、あやめは鬼童丸から抱きしめられている。

勿論こうなったのには事情があるのだけれど、あやめの心臓ははち切れんばかりだ。

「あやめ」

少しだけ低い声音が、鼓膜を震わせてくるものだから、ドクンと大きく脈打った。

「三日夜《みかよ》の時に、一度一緒に眠ったぐらいでは慣れねぇよな」

「え?」

鬼童丸が衾《ふすま》の中で身体を捩《ねじ》った。

「そもそも、お前は俺に急に攫われて来た身の上だしな。やっぱり、俺が外に出ようか?」

「いいえ、こんなに寒いのに!」

「前も言ったが、俺は身体を鍛えているし、そこまで冷えは感じねえから」

あやめは思い切りよく告げる。

「なかなか慣れないですが、私達夫婦ですし、頑張ります！」

そんなこんなの押し問答の末、結局一緒に過ごすことになった。

三日夜《みかよ》を過ぎた後も共寝をする間柄にまで発展していたのだった。

（何度か抱きしめられたけれど、一緒に寝るのは緊張してしまう）

意識があるうちから、異性に抱きしめられているのでは、どうにも緊張して眠ることができそうにない。

しばらく仏像のように固まったまま過ごしていたのだが……

「なあ、あやめ。まだ起きてるだろう？」

「ええ、はい、まだ眠れなくって」

鬼童丸が口の端を吊り上げてくつくつと笑い始めた。

「なんか、可愛いな」

「え⁉」

思いがけず可愛いと言われてしまい動揺が走る。

押し問答の末に抱きしめられたまま過ごすことになったけれど、彼の腕の中は何だか温かくて、ぽかぽかしていて夢見心地だった。

「そのう……」

「どうした？」

あやめは鬼童丸に対して想いを吐露した。

「母は肺を患っていました。だから、こんな風に誰かに抱きしめられて眠るのは、子どもの時以来で」

そこまで口にすると、あやめの瞳から一粒の涙が零れた。

「あ、ごめんなさい、泣いてしまって」

鬼童丸が気遣うような視線を向けてくる。

「流行り病に罹《かか》って、私にうつってはいけないからと、離れて過ごして、そのままなくなってしまいました」

母から近づくなと言われてしまい、あやめは食事の準備しかできなかった。

こんなにも近くにいるのに、側に寄ることもできずに、最期の時を過ごした。

その時の哀しみが、胸の奥底からせり上がってくる。

「泣きたい時に無理はしなくて良いんだ、ほら」

鬼童丸があやめの身体を抱きしめる力が強くなる。

単衣《ひとえ》越しに相手の体温を感じて、ドキドキもするけれど、何よりも心地良かった。

「すごく温かくて、本当に幸せです」

「そうか、なら良かったよ」

彼の手が、彼女の頭をそっと撫でる。

その手つきが生前の母のそれと重なった。

『あやめ』

優しい母の顔が次々に浮かんでは消えていく。

気付いた時には、あやめの黄金の瞳からは、涙が再び零れ始める。

「うっ、ぐすっ、ひうっ……」

あやめは、しばらく泣きじゃくった。

泣き止むまでの間、鬼童丸がずっと髪を柔らかく撫でてくれた。

(鬼童丸さんは優しい)

あやめが見上げると、鬼童丸と視線が合う。

「ああ、そういやあ、今日の分がまだだったな」

すると、彼がそっと彼女に口づけてくる。

「あ……」

三日目の夜以降、毎晩の口づけが日課になっている。

鬼童丸から「完全にお前を食べられない分、毎晩口づけたい。無理強いはしねえ」と告げられた時は衝撃だった。

あやめの身体の一部を口づけによって摂取できるため、色々と都合が良いというのだ。

鬼童丸の滋養強壮に良いのならと、あやめは毎晩の口づけを許可したのだ。

（抱きしめられるのも口づけられるのも、いつまで経っても慣れない）

それに今日の口づけは、やけに長い気がする。

（初日と比べたら、だいぶ長いような？）

鬼童丸に求められていると、だんだんと息が上がっていって、頬がどんどん火照ってくる。

「ん……」

突然、彼の手があやめの単衣《ひとえ》の中に侵入してくるではないか。

「ひゃっ！　ちょっと！　鬼童丸さん」

あやめの小さな悲鳴を聞いてハッとしたのか、鬼童丸の手の動きがピタリと止まった。

「ああ、悪い。お前の一部が甘くてしょうがなくて、完全に魅了されちまって、ちょっと調子が狂っちまった」

「……魅了？」

気になる単語だ。

「まあ、あんまり気にするな。これ以上はまだ早い。もう寝ちまえ、良い夢見ろよ」

激しい口づけの後で疲れてしまったのか、瞼がくっついては離れてを繰り返していた。

「なあ、あやめ。俺はお前の母親の代わりにはなれないが、俺はお前を大事にしてやるから」

「鬼童丸さん」

あやめの胸の内が歓喜で震える。

（なんて優しい旦那様なんだろう）

胸の中がぽかぽか温かくて、何だかむずがゆい。

もうだんだんと相手の表情がぼやけてくる。

「おやすみなさい」

「ああ、おやすみ」

そうして、あやめは幸せな眠りに就く。

その時、鬼童丸が憂いを帯びた表情で、あやめの顔を眺めていたなんて……

あやめ本人は知る由《よし》もなかったのだった。


夜が明けると、鬼童丸の姿は衾《ふすま》の中にはいなかった。すでに白い狩衣姿に着替え終わっており、畳の上に置いてあった脇息に身体をもたせかけて、あやめのことを見守って過ごしていたのだ。

「ああ、おはよう」

「おはようございます」

あやめは衾《ふすま》の中から出ると、鬼童丸に挨拶をする。

「行商人達が遊びに来てるみたいなんだ。あやめも来いよ」

「行商人でございますか?」

「ああ、そうだ。人間に擬態している鬼は多くてな。時折、商売で山に来ることがあるんだ。取り扱っている品数も多くてな。人間達が料理で使用する食材や調味料なんかも数多く含まれている」

あやめの瞳が爛々《らんらん》と輝いた。

「それは楽しそうでございますね!」

「そうだろう？　鬼達じゃあ、食材の良し悪しやら調味料の価値なんて分からねぇ。だから、これまでには行商人から酒を買うぐらいだった」

ふと、あやめは気になることを尋ねてみる。

「そう言われれば、鬼も酒は飲むのですね」

「ああ、酒は旨いからな」

鬼は肉や魚を喰らって凌《しの》ぐという話だったはずだ。

あやめは純粋な気持ちを伝えることにする。

「酒と獣の血肉で生きていく鬼というものは、誠に面白い種族でございますね」

「そうか？」

「ええ」

「俺としては、それよりも……」

「それよりも？」

鬼童丸は神妙な顔をしている。

あやめはゴクリと唾を飲み込んだ。

彼が彼女をチラっと見てくる。

「今日も、胸がはだけてるぞ」

「い、い、いやああああああああああ」

朝、そろそろ鬼達が眠りに就こうとする刻限に、鬼の頭領の花嫁の絶叫が聞こえてきたのだった。


紅梅色の小袿《こうちぎ》に着替えたあやめは朝食をたいらげたあと、鬼童丸に連れられて屋敷の外れへと向かうことになった。

「時間が経ってしまいましたが、行商人はまだ待ってくださっているでしょうか？」

「そりゃあ、頭領の俺に顔を合わさずにどこかには行かねえだろうさ。ああ、あやめ、ほら」

彼がそっと手を差し出してくる。

（あ……）

彼女はおずおずと手を重ねた。

こうやって彼と手をつなぐのも、最近は当たり前になってきている。

（でも、やっぱり恥ずかしい）

降り積もる雪の上を、二人して草鞋でザクザクと歩む。

今日の鬼童丸は白い狩衣を身に着けており、神秘的な雰囲気を纏《まと》っている。

（身長がすごく高くて、鬼童丸さんはどんな着物でも着こなしてしまう。本当に素敵な男性ね）

あやめは、ハッとして首を横に振った。

（私ったら、旦那様に見惚れてしまうなんて）

自分はこんなにも浅ましい女だっただろうか。

「どうした、あやめ？」

「え？」

鬼童丸に見下ろされると、あやめの心臓がドキンと跳ね上がる。

（口づけを交わすようになったから、こんなに鬼童丸さんのことが気になるの）

その時、キュッと手を握り直される。

「何か言いたことがあるなら遠慮せずに言えよ」

あやめは唇を噛みしめると、思い切って考えを伝えることにした。

「旦那様である鬼童丸さんのことを……」

言葉尻に向かうに連れて小声になってしまった。

「俺のことを、何だよ？」

鬼童丸は首を傾げている。

「あの、素敵だなって、思ってしまって」

声が小さくなるにつれて、頬がどんどん火照っていく。

相手からの反応がないものだから、心配になって胸がギュッと苦しくなってきた。

あやめはギュッと眼を瞑った。

(やっぱり言わなければ良かったかも!)

あやめが後悔していると……

「ひゃあっ!」

指先を何者かに噛まれてしまった。ぬるりとした感覚と熱さが同時に伝わってくる。

「きゃっ!　ええっと?」

恐る恐る瞼を持ち上げると、衝撃的な光景に心を奪われてしまった。

「鬼童丸さん、何を……!」

なんと、あやめの指を鬼童丸が食んでいたのだ。

指の腹にざらついた舌先を感じる。

ちゅっと音を立てて、彼女の指先は、彼の唇から解放された。

今度は、彼の顔が眼前まで迫ってくるではないか。

「あ、あの……」

「ああ、もう、あんまり可愛いこと言うなよ」

「え？」

「どこもかしこも喰っちまいてぇな」

「え？　指はさすがに……んっ……」

次は別の指を鬼童丸に食まれてしまった。熱い舌先を感じてしまい、あやめの心臓がドキドキと昂《たかぶ》っていく。

彼の唇が彼女の指から離れて安堵したのも束の間、彼の唇が彼女の唇を塞いでくる。

「ん……」

屋敷からしばらく離れた樹々の間にいるから、鬼達からは見えていないだろう。

木々の合間から木漏れ日が差して、二人をキラキラと照らす。

口づけあってしばらく経った頃、唇どうしが離れた。

「ああ、何でこんなに惹かれるんだろうな」

吐息に熱が孕んでいるものだから、あやめの心臓は落ち着かない。

「鬼童丸さん」

あやめは勝手に声が弾んでしまい、気恥ずかしさが増していく。

その時。

かった。

「やっぱり呪いの類か？」

そうポツリと零した鬼童丸の声はあまりにも小さくて、うまく拾うことができなかった。

けれども、「呪い」だと言わなかっただろうか？

「え？　今何と？」

「いいや、気にしなくて良い」

そうは言うものの、あやめは気になってしまう。

「教えてくださいませ」

彼へとおねだりしようとした時。

「鬼童丸様あ！」

唐突に自分以外の女性の声が聴こえた。

（え？　何？）

いつの間にか衣褌《きぬばかま》姿の行商人が目の前に立っていた。笠《かさ》を深々と被っており、顔を覗き見ることはできない。体格は細身ではあるが、全体的に骨ばっており、男性だと分かる。

（さっきのは、この男の人の声じゃない。だったら……）

行商人の隣には女性の姿があり、どうやら先ほどの声の正体のようだ。何やら妖艶《ようえん》な雰囲気を纏《まと》っており、流麗な黒髪の持ち主である。市女笠《いちめがさ》の周縁にかかった枲垂衣《むしたれ》（薄い布）の下から、顔を覗かせてくる。キリッとした黒い瞳の持ち主のようだ。

人間に似ているが、頭に角が生えているので鬼だと分かる。

朽葉《くちば》の色目――表が濃紅《こきくれない》で裏が濃黄《こきき》――の袿《うちぎ》を纏《まと》っていた。

（すごく派手な雰囲気の美人だわ）

この世にこんな美人がいるのかと、あやめはほうっと嘆息した。

その一方で、鬼童丸がこれみよがしに悪態をついていた。

「ちっ、面倒な奴が来やがったな。せっかく、嫁に色々見せるつもりだったたってのに」

「嫁？」

なぜか女性がピクリと反応する。鬼童丸を発見して、すこぶる機嫌が良さそうだったのに、一気に雰囲気が剣呑なものへと変わっていく。

「誰なのよ！　あたしを差し置いて、鬼童丸様の嫁とかいうのは!!」

美女が吼えた。

あやめのことなど目もくれず、鬼童丸の側に侍《はべ》ると、漆黒の瞳を潤ませながら、わあっとまくしたてた。

「紅葉《もみじ》を差し置いて、他の女性と結婚するなんて、嘘よね⁉　ねえ、鬼童丸様！　嘘だって仰って！」

「何で、お前はいつも俺を見るなり、こうなるんだよ！　くっついてくるなっての、紅葉！」

どうやら彼女の名前は紅葉というらしい。しかも、鬼童丸とは旧知の仲のようだ。親しげな雰囲気を出していて、あやめは漠然と二人の間に入れないような疎外感を覚えてしまう。

あやめと鬼童丸は形式的な夫婦でしかない。けれども、一応あやめの夫である鬼童丸の身体に自分ではない女性がべったりとくっついている。心の奥底で「嫌だ」という感情が湧いてきてしまったが、言葉にするのは怖くてできなかった。

「ああ、もういいから、離れろよ、紅葉！」

鬼童丸が叫ぶと、身体にしがみついていた紅葉を引き剝がす。

(良かった)

あやめがほっとしたのも束の間、紅葉が負けじと叫んだ。

「どうしてなのよ、鬼童丸様！」

「どうしてもこうしてもねえだろうが、俺には嫁が……」

「何が嫁よ！　嫁以前の問題じゃない！」

「嫁以前の問題って、どういう意味だよ⁉」

　すると、紅葉が衝撃的な言葉を口にする。

「だって！　紅葉と鬼童丸様は、許嫁だったでしょう⁉」

　許嫁⁉

　あやめは絶句した。

　やるせない気持ちが胸中に巻き起こる。

「鬼の皆も言っていたわ！　どうして、紅葉との約束を忘れて結婚してしまったのですか⁉」

　紅葉はおいおいと叫ぶ。

「それは親父が酒の話で適当に言った話でだな。そもそも……」

　元許嫁と名乗る女性に言い訳をしていた鬼童丸だったが、妻のあやめの存在を思い出したかのように振り返った。

「ああ、あやめ。誤解するな、こいつは……」

　鬼童丸が更に何かの言い訳をしていたが、あやめの耳には入ってこなかった。

「この嫁とやら、鬼童丸様に興味なさそうだし、ちょうど良いわ！　紅葉は側室でも全然構いませんから！」

「お前を側室とか絶対に嫌だね、いいから離れろって！」

わいわいと騒いでいる二人を尻目に、あやめは考え込んでいた。

(言われてみれば、鬼童丸さんがどんな御方なのか、私、さっぱり分かっていないかも)

ある日突然鬼童丸に攫われてきて、気付けば妻の座に収まっていた。

出会った当初、お互いのことを知った上で夫婦になった方が良いと伝えたのは、あやめの方だったというのに……

(ご飯を一緒に食べていたから、勝手に親近感が湧いてしまっていて、てっきりお互いのことを理解したように勘違いしてしまっていたわね)

けれども、まだちゃんとした家族になっていないのだ。

(口づけてしまったけれど、流され過ぎだった？)

鬼の里の中、頼る人もいない身の上だ。

そんな中、優しくされて絆され過ぎてしまっていたのだ。

そもそも、鬼童丸はあやめを攫った張本人だというのに……

「頭領の花嫁様。こちらはいかがですか？」

ちょうど行商人が声をかけてきた。

「え？　ああ、はい」

頭の中では考え事をしながら、行商人が所持していた調味料や食材を選ぶ。

「ああ、あやめ、金は出すぞ」

けれども、あやめは鬼童丸のことを無視すると、都にいた時のいくばくかの金を袋から出して支払った。

しばらくだんまりになった妻の姿を見て、鬼童丸が戦々恐々とした気持ちでいることなど……当のあやめ本人は知る由《よし》もなかったのだった。


夜になっても、あやめは落ち込んでいた。

御帳台《みちょうだい》の下、今晩も鬼童丸に抱きしめられて過ごしていたが、何だか気もそぞろだった。

「今日は珍しかったな、塩と砂糖を入れ間違えるなんて」

鬼童丸の声を耳にして、あやめはハッと身体を強張らせた。

「……先ほどは申し訳ございませんでした」

夕食のお供に椿餅《つばきもち》を作っていたのだが、ぼんやりしていたのか砂糖と塩を入れ間違えてしまったのだ。

おかげで、やたらと塩辛い餅を全員で食べることになってしまった。

塩分量が多すぎたからか、鬼達の中には涙を流す者もいたぐらいだ。

「たまには失敗も良いもんだ。あやめの作ったものなら何でも旨い。何か考えごとでもしてたのかよ？」

「え？　ええっと」

正直なところ、鬼童丸と紅葉の過去の間柄が気になってしょうがなかった。

だけど、当の本人にそんなことは聞けずにいたのだ。

「あやめ？　気分でも悪いのか？」

鬼童丸が心配した様子で問いかけてくる。普段なら彼の優しさに心が躍っていたはずなのに、今日は何だかモヤモヤが強くなるだけだった。

「そうですね」

あやめが理由を喋り始めたので、鬼童丸が口を噤《つぐ》んだ。

「鬼童丸さんには、許嫁がいらっしゃったのですね」

鬼童丸の全身が強張ったのを、あやめは見逃さなかった。

「昼間の紅葉のことなら、親父の酒呑童子が適当にそんな話をしていたことがあってだな」

鬼童丸の歯切れが悪くなる。

二人が許嫁同士だったこと自体は否定しなかった。

あやめは身体をギュッと縮こまらせた。

(鬼童丸さんは、生きるために仕方なく私を妻に迎えただけ)

そもそも、何か気になることを話していなかっただろうか。

(私のことは食べ物か何かのままで済ませるはずだったのに、気付いたら嫁にしていた……みたいなことを言っていなかった？)

ドクン。

心臓が嫌な音を立てた。

ならば、鬼童丸は許嫁がいたにもかかわらず、気まぐれにあやめを嫁に迎えたのだろうか？

とはいえだ。

数日接しただけだが、鬼童丸はそこまで不誠実な人物ではないはずだ。

だが、あやめは自身の考えに疑問を覚えた。

(たった数日なのに、どうして不誠実ではないと言い切れるの？)

あやめの胸の内に疑念がどんどん湧いてくる。

一度でも猜疑心が湧いてくると、止まらなくなってしまう。

「鬼童丸さんは、私と出会っていなければ紅葉さんと結婚していたのでしょうか？」

責めるつもりはなかったが、少しだけ咎めるような口調になってしまった。

けれども、鬼童丸に意に介した様子はなかった。

「ああ？　それだけはねぇな。紅葉はありえねぇ」

「どうして？」

「ありえねぇもんは、ありえねぇんだよ」

鬼童丸は断固として否定してくる。

「本当に……ですか？」

「ああ、最初からずっと伝えているつもりだが、親父が勝手に話していたのを、紅葉が鵜呑みにしてただけだしな。だってえのに、許嫁だって言い張って、毎回否定するのも大変だっての」

鬼童丸は紅葉の対応にうんざりしているようだった。

あやめは少しだけほっとする。

（私ったら、彼が他の女性にうんざりしているのを見てほっとするなんて、性格が悪いわ）

あやめの気持ちは少しずつ上向きつつあったのだが、鬼童丸が次に放った一言が想像以上に心を抉《えぐ》ってきた。

「まあ、あやめを嫁に迎えているのも想定外だったがな」

——想定外。

ずんと身体に重しが乗ったように、何だか全身が怠《だる》かった。

だが、確かに鬼童丸の言う通りでもあった。

そう、あやめのことなど食事の一部として終わらせれば良かったはずなのだ。

(何だろう？　こんなに違和感があるのは？)

思いがけずあやめを嫁に迎えた鬼童丸。

その理由は、因縁の相手である源頼光に掛けられたという呪い。

あやめを食べないと死ぬという呪いのせいで、鬼童丸はあやめのことを……

「だったら……」

焦燥に駆られてはやる胸を抑えつけながら、あやめは少しだけ核心を突いてみることにした。

「どうして、鬼童丸さんは、食事で済ませれば良かった私を妻に迎えることにしたのでしょうか？」

鬼童丸が、はあっとため息をつきながら答えた。

「分からねえんだよ」

あやめは黄金の瞳を見開いた。

……分からない。

その言葉を聞いて、あやめは胸を刀で刺し貫かれたようだった。

「自分でも分からないけど、お前を嫁に迎えないといけないってずっと考えていたが、出会った瞬間、特に強く思ったんだ」

鬼童丸が話せば話すほど、あやめは身の置き所がなくなっていく。

(鬼童丸さんは私に一目惚れしたから嫁に迎えたわけじゃなくて、呪いのせいで私を……)

それ以上考えたら、心が壊れてしまいそうだった。

あやめは、震え始めた身体を自身の腕でギュッと抱きしめる。

そんな彼女の気持ちを知ってか知らずか……

鬼童丸が語り掛けてくる。

「とにかく紅葉だけは違う。それと、あやめ、お前は……」

それ以上何か切り出される前に、彼女の方からぴしゃりと告げる。

「別に一人の妻に一人の夫が結婚するような世でもございませんし、貴方様に何人か側室がいたとしても、過去に女性が何人いようとも、私にとやかく言う義理はありませんので」

それだけ伝えると、あやめは目を瞑り、寝息を立てるふりをしたのだった。

＊　＊　＊

鬼童丸はあやめの行動に衝撃を受けていた。

（何だ？　あやめはどうして急に不機嫌になったんだ？）

今日の朝までは間違いなく機嫌が良かった。

（紅葉が来てから様子がおかしいと思っていたんだが……）

もしかしたら「夫に元許嫁がいた」という事実を気にしているのではないか？

そう思って、鬼童丸としては紅葉の件は即座に否定したつもりだった。

けれども、何か言い方を間違えただろうか？

（それともあれか？　砂糖と塩を間違えた椿餅《つばきもち》を旨いって言ったからか？　ちゃんとしょっぱいって言った方が良かったのか？）

こんな味覚のおかしい鬼の言うことなど信用できないと思ったのだろうか？　あやめは夫よりも料理を愛している節がある。だとすれば、信頼を損ねるような発言だったのかもしれない。

枕元に置いてあった贈り物を視界に入れつつ、鬼童丸は悲しくなった。

あやめに渡そうと思って、行商人から新たに櫛《くし》を購入していたのだ。

あやめと同じ名前の花である菖蒲《あやめ》の花が飾られている、高級な象牙の櫛《くし》だ。

(味付けがおかしい時はおかしいって、今度からはちゃんと言わないといけねぇな)

夫婦内の認識がずれていることに、当の本人達は気付いていないのだった。

＊　＊　＊

翌朝、あやめは気分転換も兼ねて台盤所《だいばんどころ》に立って調理をしていた。

(モヤモヤする時は料理ね。鬼童丸さんが私を嫁にした原因を考えたって仕方がないもの)

もう現に妻になってしまっているのだから、考えたところでどうしようもない。

「あ、いけない！」

鍋がぐつぐつし始めたので、慌てて火を吹き消した。

危うく吸い物を噴きこぼすところだった。

料理中は火を使うし、集中しないと大惨事になってしまう。

あやめは深呼吸をして、自分自身に喝を入れた。

「さて、盛り付けを始めましょう」

この時代、副菜《かずもの》がたくさんある。

今しがた作った品を、花柄や葉の形をした、可愛らしい柄の小鉢に盛りつけていく。

「塩・酢・酒・醤《ひしお》……四種器《よぐさもの》も、こちらに盛って」

その時、あやめの背後に影が差した。

「あら、本当に人間の姫が台盤所《だいばんどころ》に立ってるんだあ」

高慢な物言いを耳にするのは、あまり気分の良いものではない。

それに、今は聞きたくない声だった。

あやめは大きく息を吸い込んで吐き出すと、後ろを振り向いた。

(鬼女・紅葉さん。鬼童丸さんの元許嫁)

派手な印象の強い鬼女・紅葉が、台盤所《だいばんどころ》の入り口でふんぞり返っていたのだ。唇の端をニヤリと持ち上げると、あやめのいる場所へと下駄を鳴らして近づいてくる。持っていた檜扇《ひおうぎ》をゆらゆらと揺らしており、妖艶《ようえん》さが際立っていた。

そうして、あやめのことを値踏みするかのように、上から下までじろじろと眺めてくるではないか。

「鬼童丸様の奥様……しかも北の方に選ばれたという話だったけれど、本当は料理番として雇われただけなの？　女房《にょうぼう》違いだったのかしら？」

鬼童丸があやめのことを「女房」と呼ぶことがあるが、屋敷に仕える女性のことも「女房」と呼ぶため、二つの意味を掛けた嫌味なのだろう。

「紅葉さん」

あやめは、どう返答しようかと考えあぐねる。

すると、紅葉が勝手に話を続ける。

「武将だったか陰陽師だったか忘れちゃったけど、そいつから『特殊な人間の女を食べないと死ぬ呪いをかけられた』って鬼童丸様が怒っていた時期があったわね」

彼女はふふんと鼻を鳴らした。

「鬼童丸さんが怒っていた？」

紅葉がちらちらとあやめを見やる。

「そりゃあ、そんな呪いをかけられたら、誰だって怒るに決まってるでしょう？　そもそも鬼童丸様は、お母様は人間だったけれど、鬼の頭領だった酒呑童子様のご子息。そう、人間と敵対する者の筆頭なんだから」

あやめはなんとなく嫌な予感がした。けれども、心の中で頭を振ると紅葉に向かって返す。

「鬼童丸さん本人は、人間と共存した方が良いと言っていました」

紅葉はふふんと続ける。

「そんなの、人間の貴方に対して、建前を述べただけに決まっているじゃない？」

「建前？」

「そうよ。貴方達、出会ったばかりでしょう？　いくら半分人間の血が混ざっているとはいえ、鬼の代表である鬼童丸様が、そんなにすぐ人を信用すると思って？」

「時間なんて関係なくって……」

けれども、関係ないと言い切れるほど、彼のことを熟知しているわけではない。

自信を喪失して、あやめの声はだんだんと小さくなっていく。

目の前の紅葉がクスリと笑った。

「呪いをかけられてから十五年近くの間、ずうっと彼、言っていたわ」

紅葉の言い分には、耳は傾けない方が良い。

だけど、耳が勝手に拾ってしまう。

「『頼光の奴、さんざん手こずらせやがって。あいつに言われた人間の女を手に入れたら簡単には殺さない。骨の髄までしゃぶりつくして殺してやる』ってね」

「……っ……」

相手の言い分に反論したかった。

だけど、鬼童丸のことを知らないという純然たる事実を突きつけられた気がした。

あやめは、震えながらどうにか返す。

「鬼童丸さんは、人間は食べないって……言ってて……お母様と同じ人間だからって」

すると、ふふんと紅葉が鼻を鳴らすと、豊満な胸を仰け反らせた。

「ああ。だって、あの人、本当に人間が嫌いなのよ。嫌いだから口にしたくなかったの。貴方、料理を作るのなら分かるでしょう？　いわゆる食べ物の好き嫌い」

あやめは言葉に詰まる。

「嫌いだから、これまで食べてこなかっただけ。母親が人間だから食べないわけじゃないわ」

紅葉が悠然と口の端を吊り上げた。

「騙されているとか思わなかったの？　そうね、まだ貴方は子どもに見えるし、まあ、女って馬鹿だから、顔の良い男に少し良いように言われたら舞い上がっちゃうわよね、全く。ふふふ」

紅葉がクスクスと笑うと、あやめの心はズキズキと痛んだ。

(鬼童丸さんは、私のことを騙そうとしていたの?)

どんどん自信がなくなっていく。

更に紅葉が畳みかけるように攻撃してきた。

「ねえ、それと、人間のお姫様?」

「何でしょうか?」

「鬼童丸様の例の話、知ってる?」

例の話とは何だというのか?

あやめが答えられずにいると、紅葉が勝手に話し始める。

「知らないようだから、このあたしが教えてあげるわね」

あやめは一度冷静になりたくて、大きく息を吸って、足の裏に力を入れる。丹田に力を込めないと、倒れてしまうかもしれないと思ったから。

「鬼童丸様って、人間に殺されかけた母親にさ、呪いの言葉を掛けられているのよ。まあ、本当の呪術とは違うけれどね」

――母親に。

何を――？

ざわざわと胸が落ち着かない。

身構えるあやめとは対照的に、紅葉が愉快そうに口の端を吊り上げた。

「『貴方を産んだから、こんな人生になったんだ』、ってね」

あやめの身の内に衝撃が走った。腹に力を入れていなかったら、今頃倒れていたかもしれない。

「だから、人間の女なんて大っ嫌いに決まってるじゃない、勿論自分の母親も含めてね。あら？　本当に何も知らなかったみたいね」

「……っ」

あやめは何も言い返すことができなかった。

(私は、鬼童丸さんのことを何も知らない)

それこそ――紅葉の言う通り、優しい言葉を掛けられて舞い上がっていただけだったのだ。

呆然自失となってしまい、あやめの顔色が生気を失っていく。

立っているのがやっとの状態だ。

その時。

「あやめ姫！」

紅葉とあやめの間に割って入るように、橋が姿を現した。

「鬼童丸様の幼馴染であられる紅葉様と言えども、さすがに今の言い草は到底許されるものではございませんわ！」

「あら、男にたぶらかされて人生踏み外した鬼女代表が現れたじゃない？」

紅葉が橋のことを煽り始める。

「な……」

橋は顔を真っ赤にして憤っていた。

紅葉は意に介してはいないようだった。そうして、あやめに向かって不敵に告げる。

「貴方が鬼童丸様に骨の髄までしゃぶりつくされて、ポイ捨てされる姿を見るのも楽しそうね」

「……っ……！」

あやめはぐっと拳を握った。

「まあ、せいぜい一時的な北の方の座を楽しんで。それじゃあねぇ」

言いたいことを言うだけ言って、紅葉は去っていったのだった。

あやめはその場に立ち尽くしていた。
風が吹けばどこかに飛んでしまいそうなぐらい儚い雰囲気を醸している。
そんな彼女の身体を、近寄ってきた橋が支えた。
「大丈夫にございますか？　あやめ様？」
あやめが、か細い声で返す。
「ええ、大丈夫です。橋さん」
橋が沈痛な面持ちを浮かべる。一呼吸置いた後、彼女が語り始めた。
「紅葉様は、鬼童丸様の幼馴染であらせられるのですが、昔から気位の高い御方で……
あ、あやめ様、どちらに？」
支えてくれた橋をすり抜けて、あやめは台盤所《だいばんどころ》の入り口へと向かう。なんとなく、
足元がおぼつかない気がした。
「ちょっとだけ外の風に当たりたいんです」
あやめが戸口に出ると、冷たい風が頬を嬲《なぶ》ってきた。
（紅葉さんが言っていることは本当の話？）
それとも……
（私は簡単に鬼のことを信用しすぎていた？）

本能のままに生きる彼等は、喜怒哀楽を素直に表現してくれる。

裏で陰口を叩く人間達よりも、よほど信頼できる存在だと思っていた。

（全部、私の思い込みだったの？）

猜疑心で胸がいっぱいになって苦しい。

ふと、視線を感じて背後を振り返る。

橋がオロオロと心配そうにこちらを覗き込んできていた。

（橋さん）

彼女から騙されているとは到底思えない。

（それに、鬼童丸さん）

最初に出会った時は確かに怖かったけれど、ずっと一緒にいるうちに悪い鬼という印象は薄れていった。

言い方が怖い時もあるけれど、基本的には誰に対しても優しくて思いやりに溢れている。

それに、あやめのことを食べないと死活問題らしいのに、決して無理に手を出してこようとはしなかった。

けれども、紅葉が言うように、あやめは男慣れしていない。

鬼童丸からすれば、妻だと言って口づけさえすれば、簡単に自分のことを信用するような馬鹿な女に見えていたのだろうか？

（相手は鬼の頭領だっていうこと、忘れていたわね）

自分とは違う生き物だという認識に欠けていたのだろうか？

もしも本当に騙されているのだとしたら、何だか心が抉《えぐ》られたようだ。

（鬼童丸さんが私に嘘を吐いているんだとしたら、鬼の里から一刻も早く逃げないと……）

あやめが悲壮な決意を固めかけた、その時。

ふわりと汁物のまろやかな芳香が漂ってきた。

（さっき作っていた吸い物の香り）

あごだしの芳醇な香りが具材の良さを引き立てる一品だった。

（あの人に食べてもらおうって思って作った吸い物）

ふと、これまで料理を褒めてくれていた鬼童丸の姿が頭に浮かぶ。

『こんなに旨い食べ物がこの世に存在するんだな』

『これなら、何杯だって食べられるよ、おかわり』

『ずっと俺に旨い飯を食わせてくれよ、あやめ』

屈託のない笑顔が脳裏に浮かんでは消えていく。

（あの笑顔は……）

ご飯を美味しそうに食べてくれた時の笑顔。

あれは、紛れもない本心からの笑みだと思うのだ。

「鬼童丸さんについて、まだ知らないことの方が多い。だけど、あの笑顔だけは嘘じゃないわ」

ご飯を食べて美味しいと、嬉しそうに笑う、その姿に嘘はなかった。

もしかしたら、あやめがそう信じたいだけなのかもしれない。

だけど、そうだ。

誰かの言った言葉を鵜呑みにするんじゃなくて……

「鬼童丸さん本人と、ちゃんと話して確かめなきゃ！」

あやめは毅然と面を上げた。

太陽はすっかり顔を出していて、眩しいぐらいだ。

台盤所《だいばんどころ》に戻って、朝食の準備を続けよう。

少しだけお腹がキリキリしていて、食事は喉を通らないかもしれない。

けれど、もう一度一緒にご飯を食べる時間を取ってみるのだ。

その時、鬼童丸が本当はどう思っているのか尋ねてみるのも悪くはない。

「それにもし、私が騙されていたのだとしても」

あやめはそっと両手を胸の前で重ねた。

もしも騙されていたのだとしても……

——彼が掛けてくれた言葉達の全てが嘘というわけではない。

鬼童丸が迎えに来た時のあやめは……唯一の肉親である母が死んで絶望していた。

『お母様のところに逝きたい』

鬼童丸に攫われたあの日、尼寺に入るように縁戚に言いつけられていたけれど、寺に入る前に橋の上から身投げしようかと迷っていた。

誰からも必要とされない苦しみを抱えたまま、尼として生きていく覚悟さえなかったのだ。

だけど、目の前に鬼童丸が現れた。

鬼に喰われて死ぬかもしれない。

危機的状況に直面して、自分が死んだら母を弔う者がいなくなるという事実に気付かされたのだ。

ここで死ぬわけにはいかないと思っていたら、思いがけず鬼童丸に鬼の里へと攫われた。

そうして、鬼達に食事を作って出迎えられて、これから先も鬼達に食事を振る舞わないといけないと思った。

しかもどうやら呪いのせいで、あやめが死んでしまえば鬼童丸も死んでしまうのだという。

ある意味で一蓮托生、運命の番《つがい》たる夫婦の誕生だ。

あの日から、あやめの第二の人生が始まった。

鬼の頭領の花嫁という役割を与えてくれた鬼童丸。

仮に騙されていたのだとしても、それ以上に彼に対する感謝の気持ちの方が勝っていた。

「私を食べて鬼童丸さんの命が永らえるんだったら……」

あやめは固く瞼を閉じた後、ゆっくりと目を開けると、前を見据える。

「それはそれで……私の命にも価値があったんだと思えるわね」

決意を新たに、あやめが台盤所《だいばんどころ》に戻ろうとしたところ……

「あやめ姫」

どこからともなく唐突に男性の声が聴こえた。

あやめは身を強張らせる。

視線を彷徨わせると、声の主は台盤所《だいばんどころ》の入り口付近に佇んでいるではないか。

「貴方は」

笠《かさ》を被り、衣褌《きぬばかま》姿をした行商人。

昨日出会った行商人と似た容姿をしているが、なんとなく今日は雰囲気が違っているようにも感じた。

「あやめ姫にはお初にお目にかかります」

男が笠《かさ》を取ると、金に染まった長髪が零れ落ちてくる。異国の者のような容姿をしており、瞳の色は山吹色にも黄金にも見える。我が国の平均的な人物達よりも鼻が高く、きりりとした唇。頭には角が覗いているから、紛れもなく鬼だろう。

女性と見紛うごとき、美しき容姿をしている。

鬼童丸よりも一寸ばかり身長は低いが、十二分に高い身長の持ち主だ。とはいえ、鬼童丸のようなぎらついた獣のような印象とは反対に、穏やかな雰囲気を纏《まと》っている。体格も大きくはなく、やや細身ですらりとした印象が強い。

そんな美丈夫だったが、懐かしむように。あやめの顔を眺めてくる。

（何だろう？　どうしてだか、この男の人と初めて会った気がしない）

あやめもなんとなく既視感を覚えた。

すると、美丈夫が口を開く。

「姫が幼い頃に何度か遊んだことがあるのですが、覚えてはいませんか？」

「幼い頃にですか？」

こんなに派手な髪色の人物ならば忘れるはずがない。

「髪の色は、こんなに薄い色ではなかったので。お忘れになったのでしょうか？」

茨木童子と比べるとはっきりと話すものの、穏やかでゆったりとした喋り方だ。

のんびりとした口調にも、なんとなく聞き覚えがある気がする。

ぼんやりとだが、頭の中に少年の姿が浮かびそうだった。

だけど、同時に鬼童丸の姿も重なってくる。

（何？）

何だか頭がズキズキと痛んで、あやめは両手で頭を抱えた。

「事情はよく知らされていないけれど、やっぱり貴方は兄にそっくりだ」

「兄？」

「ええ、兄です」

誰のことを話しているのだろうか？

あやめが考えあぐねていると、目の前の美丈夫が淡く微笑んだ。

「兄の名は源頼光」

その名を聞いて、あやめはハッとなる。

「それは……」

鬼童丸が頻繁に名を出す男の名だ。

「武将・源頼光の弟御？」

「姫、ええ、その通りです」

「どうして？　だって源頼光様は人間。貴方は鬼の……」

「色々事情がございましてね」

美丈夫は、張り付いた笑顔のままだ。

「本当ならば、鬼童丸ではなく、僕があやめ姫の許嫁だったはずなのに……」

「え？　私の許嫁？」

この人は今なんと言った？

「ええ、貴方の命の息吹を、さくら姫の胎の中から感じた時からずっとずっと、僕が貴方の運命の人だったのに……」

さくら姫とは、あやめの母親の名だ。

美丈夫の言い回しを聞いて、あやめの背中にぞくりとした感覚が走る。

(逃げなきゃ！)

本能的な恐怖を感じた。

だが、気付いた時には、男の手が彼女の眼前に迫っていた。

「あ……」

あやめは後退る。

「そうやって逃げる必要はないんですよ、あやめ姫」

「あ、貴方は……だって……」

「ああ、本当に兄者にも似ているけれど、さくら姫にもよく似ていらっしゃる。どちらにもそっくりで、たまらなく嬉しいな」

彼に腕を掴まれる。

今しがた獣でも喰らったのだろうか——相手から、錆びついた血の匂いが漂ってきた。

「ひっ……は、離してください！」

どうにかして美丈夫の手を振り払おうとした、その時。

「あやめ！」

聞き覚えのある美青年の声。

振り向くと、そこには鬼童丸の姿があった。

「俺の嫁に気安く触れてるんじゃねぇぞ!!」

行商人の手に炎が上がると同時に風が巻き起こる。

「……っ！」

ぶわりと風が吹いて、あやめと行商人は引き離される格好となった。

「あやめ！」

「鬼童丸さん！」

鬼童丸に抱き寄せられると、あやめは安堵した。

行商人の姿をした美丈夫が、炎交じりの風を払う。そうして、悠然と微笑んできた。

「我が許嫁・あやめ姫、必ず迎えに参ります。それでは」

何もない空間に渦ができると、美丈夫は溶けて消えてしまった。

相手も姿を消したため、台盤所《だいばんどころ》の入り口の前では、鬼童丸とあやめの二人きりになる。

「大丈夫だったか、あやめ？」

鬼童丸から引きはがされたかと思いきや、両肩をがっしり掴まれてしまった。

「え？　ええ……」

あやめが戸惑っていると、鬼童丸がぼやいた。

「あいつ、あやめの匂いに酔っていた節があるな……」

「私の匂いに酔っていた？」

「前も話さなかったか？　鬼は人間の生娘の匂いが好物だって」

「そういえば、確かに以前お話しをされていましたね。先ほどの鬼は知り合いですか？」

しばらく鬼童丸は黙していた。

「今、茨木達に追わせている。それにしちゃあ、えらく酔っていたな」

結局、鬼童丸が先ほどの鬼のことを知っているのかは分からずじまいだ。

（源頼光は鬼童丸様の天敵。だとすれば、その弟のことも知っていてもおかしくはない）

彼が教えてくれるまで待つしかないだろう。

「頭領の嫁相手に許嫁宣言か。しばらく相手の様子を見ておかないといけないな」

鬼童丸が心労が伝わってくるようなため息をついた。

「はあ、それにしちゃあ、どいつもこいつも、誰かの旦那や嫁相手に許嫁って、何なんだよ、いったい」

ふと、あやめの脳裏に鬼女・紅葉の言葉が過《よぎ》る。

『貴方、騙されているのよ』

ドクン。

心臓が嫌な音を立てた。

鬼達に自分は本当に騙されているのだろうか？

一度沸いた疑念は瞬時には消えてくれない。

「あやめ、昨日の夜の話だが……」

あやめは鬼童丸に対して鈍い反応しか返せなかった。

昨日の今日だったし、相手の表情を見ることができない。

鬼童丸は何か言いあぐねているようだったが――何だか怖くて、自分からは何も言い出せなかった。

（勇気を出して、ちゃんと話を聞かなきゃいけない）

だけど、一気にいろんなことが起きたせいで、頭がごちゃごちゃしてしまい、今すぐ前向きな話し合いができる気がしなかった。

「まあ、とにかくあやめが無事で良かった」

鬼童丸が嬉しそうにはにかんだ。

（あ……）

あやめの心臓がドキンと跳ねる。

（やっぱり、鬼童丸さんの笑顔には嘘がない気がする）

勇気を出して、相手の真意を確かめるのだ。

あやめは深く息を吸い込んだ。

「鬼童丸さん、貴方にお話があって！」

「あやめ、お前に話が！」

二人の声が重なって、やまびこになって消えていく。

「あ」

「ああ」

二人は顔を見合わせた。

「鬼童丸さん、どうぞお先に」

「いや、あやめの方こそ先に」

二人であたふたと譲り合っていた、その時。

「ねえ、お腹空いたよ」

突然第三者が姿を現して、二人して身体をびくつかせた。

「きゃあっ！」

「うおっ！」

二人の間に割って入ってきたのは、鬼の男童《おのわらわ》・八瀬童子だった。

「北の方様、朝ご飯作ってた最中でしょう？　ご飯食べましょうよ」

あやめは、ドキドキ落ち着かない心臓を抑えながら、八瀬童子と鬼童丸とを交互に眺めた。

「はい、八瀬さん、ご飯にしましょうか」

「やった！　すごく良い香りがするなって思ってたんだ！　ご飯を食べたら眠ることにするね」

「ご飯を食べてすぐに横になると、消化に良くないですよ？」

「ええっ、そうなの⁉」

八瀬童子が小さな悲鳴を上げた。

「ええ、そうです。だけど、眠らないのも身体に良くないですしね。どうしても鬼の皆と人間の私では生活周期がズレてしまいますよね。そうだ、今度から早めに作り置きをしておきましょうか？」

「いつでも北の方様のご飯が食べられるのは嬉しいな！」

あやめは八瀬童子に微笑みかけると、鬼童丸へと視線を向けた。

「鬼童丸さんも、まずは、ご飯にしませんか？」

「おう、それが助かるな」

あやめは台盤所《だいばんどころ》の中へと戻っていく。

彼女の背を八瀬童子が追いかけた。

「北の方様、盛り付け手伝うよ！」

「まあ、八瀬さん、ありがとうございます」

鬼童丸は物思いに耽《ふけ》ったまま、彼女の背を眺めていたのだった。


朝食をたいらげた後、鬼童丸とあやめは、森の中を散歩しようかと話していたのだが、件の鬼の一件があり、結局できずじまいだ。

同行者の紅葉に件の鬼について尋ねたが、知らぬ存ぜぬの態度を貫いているという。

日中、あやめは橋と一緒に唐菓子《からかし》の下準備をした。夕方頃になると、早起きをしてきた八瀬童子が加わり、一緒に菓子作りをすることになった。

やはり、何かしら料理に臨んでいると気持ちが落ち着いてくる。

「まずは、あまづらと米粉を混ぜます。こちらにはゆで小豆を、こちらには黒ゴマ、黄粉、母子草《ははこぐさ》。それぞれを丸めるか、くりぬいた竹筒に入れて、ゆがいたらとりあげます」

しばらくすると、赤・青・黄・黒・白……五色の色とりどりの円形の粉熟《ふずく》が完成した。

「先日、鬼の赤ん坊が生まれていましたね。ぜひ、ご両親の元にこちらを持っていきましょう」

あやめが話しかけると、八瀬童子が目を煌めかせた。

「北の方様、色とりどりで綺麗だね」

橋も顔色の悪い肌をやや紅潮させながら続けた。

「八瀬童子の言う通り本当に綺麗にございます！　人間界ではよくある菓子なのですか？」

「ええ。出産のお祝いの際に作るのです」

そうして、三人で赤ん坊の生まれた鬼の元へと粉熟《ふずく》を運んだ。

(皆と一緒に過ごしたけれど、私のことを騙そうとしているようには思えない。鬼童丸さんの態度だって普段通りだったし)

――一緒にご飯を食べて過ごした皆のことを信じたい。

あやめは、自分の中でそう結論づけながら一日を過ごしたのだった。

八瀬童子と橋の二人が警戒してくれたおかげか、紅葉や行商人があやめに接触してくることはなかった。

それは喜ばしいことだったが、鬼童丸との散歩には行けないまま、夜を迎えることになった。

母屋《もや》の中で待っていると、御簾《みす》を巻き上げながら鬼童丸が帰ってきた。

「あやめ、遅くなったな」

「おかえりなさいませ」

単衣《ひとえ》姿のあやめは、畳の上で正座をしながら、相手を迎えた。

鬼童丸は直衣《のうし》をくつろげながら、彼女のすぐ隣にドカリと座った。

長くて節くれだった指が、彼女の黒髪をひと房掴んだ。

「俺に言いたいことは？」

「え？」

「今日の朝、お互いに何か言いかけただろう？　ずっと気になってたんだ」

あやめは瞳をくるくる動かした。

「そうですね、ええっと……」

身構えていたつもりだったが、鬼童丸の紅い瞳にじっと見つめられると、少しだけ萎縮してしまう。

「じゃあ、俺から先に話しても良いだろうか？」

「は、はい、お願いします、どうぞ、お先に」

あやめが遠慮がちに促すと、鬼童丸がぽつぽつと喋り始めた。

「あやめ、俺はお前に謝らないといけないことがある」

「謝らないといけないこと、ですか？」

その途端、あやめは一気に不安に襲われた。

（やっぱり私を騙していたの？　それを謝ろうとしている？）

想像が膨らんでしまい、胸がきゅうっと苦しくなる。

「ずっと、お前のことを騙していた」

「騙して？」

「そうだ」

どんどん不安でいっぱいになってきて。胃が喉元からせり上がってきそうだ。心臓がバクバク音を立てて落ち着かず、手先になんとなく力が入りづらかった。

「謝っても許してはもらえないかもしれないが、どうしても話しておかないといけない」

鬼童丸の顔を見れば、悲壮感が漂っていた。伏し目がちになると、紅蓮の瞳に色濃い影が落ちる。一文字に引き結ばれた唇から、どんな言葉が紡がれるのだろうか。

あやめは、鬼童丸の話を黙って待つ。

「騙してきたこととは？」

「俺がお前を騙してきたことっていうのは……」

鬼童丸は神妙な面持ちを浮かべたまま口を開いた。

あやめは身構える。来たるべき衝撃に耐えるべく、ぐっと唇を噛み締め、拳を握って対処する。

そうして、彼が口にしたのは……

「飯のことだ」

「へ？」

あやめは目を真ん丸に見開いた。想像とは全然違う話だった。

鬼童丸は神妙な面持ちのまま続ける。

「お前が砂糖と塩を間違えた汁物を作っただろう？」

「はい」

紅葉が現れた日に動揺してしまって調味料を間違えた。

「その汁物を食って、本当は劇的に甘いと思ったし、漬物がやけに塩辛いと思ったんだ。だが、俺はお前が傷付くんじゃないかと思って、つい『旨い』って言っちまった」

「ええっと？」

「旨いのは旨かったんだが、いつものめちゃくちゃ旨い飯と同等に扱うのは良くなかったと思ってる。悪かった」

鬼童丸が頭を下げた。畳に額が触れんばかりだ。

予想外の展開だった。

あやめは口をぽかんと開いたまま、言葉が発せなかった。

「悪かった。お前がそんなに気分を害するなんて思ってなかったものだから」

鬼童丸は顔を上げるとバツが悪そうに頭をガリガリかいている。鬼の頭領だというのに、威厳はどこへやら、まるで悪戯を叱られる子どものようだった。

「ええっと、鬼童丸さんは、私が失敗作まで褒められたから、普段から適当にお世辞を言われているんだと思って怒っていると、そう思ったということですか？」

「ん？　違うのか？」

鬼童丸は首を傾げた。

あやめはしばらく逡巡する。

「人間の女が嫌いだから、私のことを骨の髄まで食べるために騙していることを、謝るのではなくてですか？」

「ん？　人間の女が嫌い？」

鬼童丸は訝《いぶか》しげに眉を顰《ひそ》めた。

どうやら自分達の話は、噛み合っていないようだ。

お互いにその事実に辿り着きつつある。

あやめはまっすぐに相手を見据えると、朝にあった出来事を伝える決意を固めた。

「実は私、紅葉さんに言われたんです。鬼童丸さんが『人間の女なんか食べたくもないぐらい嫌い』だって。それと、勝手に聞いてしまって申し訳ないのですが、鬼童丸さんのお母様の話も聞いてしまって」

鬼童丸の表情が徐々に険しいものへと変わっていく。しばらくすると、はあっとため息をついた。

「ああ、なるほど、そういうことか」

鬼童丸の紅い瞳に色濃い影が落ちる。

「紅葉が言っていたことは、完全には間違っちゃいねえ」

あやめの胸がズキンと痛んだ。

「じゃあ、私を食べないといけないのは、本当は不本意なんですね」

彼の発言を聞いて、内心ガッカリしてしまうのはどうしてだろうか。

「待て待て、誤解はするな」

その時、わりと緊迫した場面だったのだが、鬼童丸の腹の虫が鳴り響いた。

「悪いな、こんな時に、昼に食う時間がなかったから。お、そういえば、橋からもらってた菓子があったんだったな」

すると、彼が単衣《ひとえ》の中から包み紙を取り出した。

(夕方作った粉熟《ふずく》)

そうして、彼がいくつか口に含んでいく。

「いろんな味があって、ふんわり柔らかな口どけだ。甘くて旨いな。そういやあ、この間、俺と一緒に取ったあまづらせんとかいう甘いやつ使ったんだって？」

「はい、そうなんです！　生地に練り込んであって美味しいと思いますよ！」

鬼童丸が笑いながら唐菓子《からかし》を頬張る姿を見て、あやめもつられて微笑んだ。

(この人は私に嘘はつかない)

そんな核心のようなものが胸の内に芽生えてきた。

(人間の作った料理を、こんなにも一生懸命理解しようとしてくれているのだもの)

鬼童丸が全てを平らげると、伏し目がちになる。普段は威風堂々とした印象が強い彼だが、どことなく儚げな雰囲気だった。

「確かに俺は、母親から『お前なんか産まなきゃよかった』って言われた過去がある。だから、人間は鬼以上に自己中心的な生き物だなって嫌で仕方なかった時期があるんだよ」

自分の母親にそんなことを言われただなんて……

鬼童丸の心中、どれだけ苦しいものがあっただろうか。

沈痛な面持ちを浮かべている彼の姿を見て、あやめの胸までズキンズキンと鈍く痛んだ。

「あげくの果てに、頼光には呪いをかけられて、好きでもない人間の女を食べないといけなくなった。最初は確かに嫌で嫌でしょうがなかったんだよ。だから、見つけたら、残酷な方法で殺してやろうと思ってた時期もあった」

今度はあやめの胸に鋭い痛みが走る。両手を握ってどうにか耐える。

「だがな、お前の握り飯を食って、思い出したことがあるんだ」

「思い出したこと、ですか？」

「ああ」

鬼童丸は淡々と続けた。

「俺の母親も人間の姫だった」

「そういえば、私と同じ立場でしたね」

「そうだ。だが、親父に攫われたせいで人生狂っちまった。親父は鬼の頭領だ。当時、人間の女を側に置くのを、他の鬼達が嫌がった。俺の母親は鬼の子どもを産んだっていう理由で、都にも戻れず人里離れた村で暮らすことになった。だが、その村でも鬼の子どもを産んだっていう噂が流れちまって、相当苦労することになったんだ」

「それは、村というのは特に閉鎖的な場所でしょうから」

都もわりと閉鎖的な環境だったが、狭い村となればよっぽどだろう。

「それでも、俺の母親は俺のことを一生懸命育てようとしてくれていたよ。周囲の支援がない中、懸命にな。その頃、俺に飯を炊いて食わせようとしてくれてたんだよ。まあ、生粋の姫育ちだったし、料理なんてできるはずもなく、劇的にまずい粥ではあったがな。だが、俺に一生懸命食わせようとしてくれてた。その頃のことを思い出せたんだ」

鬼童丸は寂しそうに微笑んだ。

「結局、俺の母親は心を病んでしまった。俺は修行僧達に預けられるはめになったわけだ。そこで同じ鬼のガキの紅葉に出会って、一緒に徒党を組んで悪戯ばっかりしてたんだ」

「紅葉さんにも……」

　彼女の名前が寺の話に出てきたので、少しだけ引っかかったが、流すことにした。

「だが、ガキだったから、母親会いたさに山を下りたわけだ。そうして、たまたまだったが事件は起きた。ちょうど親父が人間達と揉めていた頃だった。人間達が、俺の母親の元に詰めかけていたんだ。母親を助けようとした俺は、力が暴発したんだ。鬼として妖術をうまく扱えないまま育っていたのが原因でな。まあ、ある意味地獄絵図よりひどいありさまだったな」

「そんなことが……」

　あやめは悲痛な面持ちを浮かべた。

「だから、人間が俺の母親を殺したっていうよりも、俺の力の暴走に巻き込まれたってのが近い。そうして、死に際の母親に言われたんだよ」

「それがもしや……」

「ああ、『貴方を産んだから、こんな人生になったんだ』ってな。まあ、仕方ないよな。人生狂っちまったんだから。いくら自分の息子とはいえ恨んでもおかしくはないさ」

　鬼童丸が寂しそうに微笑んだ。

（鬼童丸さん）

あやめは胸の前でギュッと両手を重ねると、声を上げていた。

「料理は一朝一夕で身につくものではありません！　美味しくなかったかもしれませんが、人間の姫で料理に全く触れてこなかった女性が、一生懸命作っていたのですもの！　お母様には鬼童丸様への愛情が間違いなくあったはずです！」

彼女の瞳から涙がポロポロと零れた。

「あやめ」

鬼童丸があやめの身体をそっと抱き寄せる。

「お前がそう言ってくれるなら、俺もそうだって思えるよ。お前が俺の嫁になってくれて本当に良かった」

そうして、優しい妻の頬に夫はそっと口づけを落としたのだった。

＊　＊　＊

鬼童丸はあやめを抱きしめながら想いを馳せた。

……妻は、人の立場を思いやれる女性だ。

彼女にとって、人も鬼も関係ないのだろう。

……母親は自分のことを産まなければよかったと後悔していた。

それこそ呪いのように頭の中を堂々巡りしていた思考だ。

自分自身など生まれてこなければ良かったのではないか？

そんな思いに苛まれながら、湧き上がる苦しみなど見ないふりをしながら生きてきたけれど……

「少しだけ、心が軽くなったよ。あやめと一緒に過ごしたから分かったことがある。米炊くにも、田植えして稲刈りすることもあれば、誰かから米を買って川から汲んできた水に浸けて、火を起こして炊いて、でき上がりを待って……色々手間がかかるもんな」

先ほど掛けてくれた言葉には、もしかしたら、あやめの思い込みだってあるだろう。だけど、自分の母親が自分のことを思って何かしてくれていたのだろうと、新たな視点に気付かされた。

鬼童丸はあやめの額にこつんと自身の額をぶつけた。

「ありがとうな」

「……鬼童丸さん？」

結局、母親が死んだ後、修行僧達の元から酒呑童子に連れられて、流されるがまま父親の跡を継いだ。

昔は人間どころか鬼すらも嫌悪していたけれど……

人でも鬼でもない、半端な半鬼半人の自分でも——生きる価値はあるのだと、今そう思えるのは、あやめと出会ったおかげだろう。

おかげで、自分のような半人半鬼が後世に生まれたとしても、幸せに生きていける世界があればと考えるようになった。

あやめに対して感謝を覚える一方、気がかりなことがある。

「しかし、紅葉には余計なことは言うなって言っておかないとな」

昔から、鬼童丸に近づく人物を嫌がる鬼だった。

だが、相手の態度には別に理由があるはずだ。

おそらく同伴していた鬼にまつわる理由だ。

あやめを巻き込んだことについては注意しておかないといけないだろう。

「紅葉さん、本当に鬼童丸さんのことが好きなのでしょうね。私が妻の座について本当に良かったのでしょうか？」

「紅葉か？　あれはな、別に俺のことが好きなんかじゃねえな」

「え？　だけど、あの態度は……」

「お前よりも誰よりも、自分こそが俺のことを知っている、という雰囲気だったか？」

「はい、そんな雰囲気だったような気がします」

鬼童丸は、これ見よがしに、はあっと深いため息をついた。

「ああ、あれはだな、当てつけだよ」

「当てつけ？」

「まあ、見てりゃ分かるって。そもそも紅葉は俺の嫁にはなれねえ」

「そうなのですか？」

あやめがキョトンとしていた。

「そうそう」

「どうして、嫁になれないのですか？」

あやめは気になったようだ。

「そりゃあ、色々あるが、第一に紅葉は俺と血の繋がりがあるからだ」

「ええっ⁉」

彼は、大声を上げた彼女のことを宥《なだ》めるように告げる。

「人間達だと近親婚はありなのかもしれないがな。残念ながら、鬼の場合、近親婚だと色々都合が悪いんで、禁じられてるんだよ」

「そうなのですね」

第二以降の理由は、紅葉の内面に関わる問題だから告げないでおいた。

「はあ、しかし面倒な性格だな、鬼ってのは。って、まあ、面倒なのに鬼も人間も関係ないか」

ぼやく鬼童丸に対して、あやめが問いかける。

「そういえば、紅葉さんは、今？」

「紅葉？　里の実家に帰ってるんじゃねえか？」

「ああ、この山の中に、お屋敷があるんですね」

あやめの表情は翳《かげ》りを帯びていた。

鬼童丸としては、彼女の憂いは全て払ってやりたい。

「浮かない顔して、どうしたんだ？」

紅葉さんが実家に戻る話を聞いて、

「実家のお野菜達のことを思い出して切なくなってしまいまして」

「野菜？」

「はいお野菜です。冬の野菜は寒さにあたれば甘くなりますけれど、旬を逃してしまっては可哀相だなと思いまして……春の野菜達の世話も心配ですし……」

……人間や鬼や料理に愛情を向けるのは分かるが、実家の野菜にまで愛が注げるのは稀有だし驚いてしまった。

「お前がそんなに気になるんなら、一度帰ってみるか、都の屋敷に？」

「良いのですか？」

「勿論」

優しい妻の願いならば、何でも叶えてやりたい。

夫は優しい妻にそっと口づけを落とした。

「鬼童丸様」

潤んだ猫のような瞳は煽情的で、こちらを誘っているかのように見える。

「自覚はねえんだろうな」

「え？」

「俺はな、あやめ」

あやめの唇の端を鬼童丸の舌がぺろりと舐めた。

「きゃっ！」

「これから先、お前が許してくれるんならば、骨の髄までしゃぶりつくしてえな」

鬼童丸は紛れもない本心を吐息と共に告げた。

「ええ!?　さっきは食べないって仰ってたではないですか!?」

「それだけお前が気になってるってことだよ」

彼は再び彼女に口づけた。

そうして、妻が眠りにつくまで、生きるために必要だからと言い訳をして、彼女の唇を貪り尽くしたのだった。

＊＊＊

朝、あやめが目覚めると、衾《ふすま》の中に鬼童丸の姿はなかった。

彼女の身体に掛けられた紫紺の直衣《のうし》は、まだ熱を帯びている。

(先ほど、寝所から出ていかれたのかしら?)

あやめは直衣《のうし》を身体に羽織ると外に出る。

台盤所《だいばんどころ》へと向かおうとしていると、さっと前方に影が差した。

「あら?　私があれほど忠告してあげたのに全然聞いてなかったみたいね」

現れたのは、紅葉だった。

あやめは、ちらりと相手を見ると、深々とお辞儀をした。

「挨拶が遅くなってしまい申し訳ございません。夫がいつもお世話になっております。先日、北の方に選ばれましたあやめと申します。紅葉さんは夫の親戚であり、幼馴染であると聞いております。どうぞよろしくお願いします」

紅葉はふんと鼻を鳴らした。

「あら、私達の関係を聞いたの？」

「はい、鬼同士は近親婚が禁じられているので、結婚できないことも伺いました」

再び紅葉がふんと鼻を鳴らした。

「それと……」

「それと、何なのよ。人間のお姫様？」

煽るような態度の紅葉に対して、あやめは紙包みを渡した。

「粉熟《ふずく》をどうぞ。先日、紅葉さんのご両親に新たな赤ん坊が生まれたと伺いましたので」

「な！」

紅葉が顔を真っ赤にして、わなわなと震え始めた。

「どうなさいましたか？」

「どうしたも何も、あれだけ色々言ったのに、何でそんなに毅然としていられるのよ？偽善者なの？」

紅葉の声は上ずっている。

「偽善者かどうかは分かりませんが、夫と血の繋がりのある紅葉さんとも、これから先仲良く過ごせたらと思っています」

「あんた、私のことを馬鹿にしているの⁉」

紅葉の震えは止まらない。

「あんたの本性を暴いてやるわよ、この人間の姫！」

「きゃっ！」

紅葉が鋭い爪を立てて、あやめに襲いかかった。

その時。

「そこまでだ、紅葉」

ふっと、あやめと紅葉の間に、鬼童丸が割って入った。

鬼童丸が紅葉の手首を掴んでいたため、あやめの肌が傷付くことはない。

「鬼童丸さん！」

「鬼童丸様！」

鬼童丸は紅葉の手を離すと、すぐにあやめの身体を抱き寄せた。

「大丈夫だったか、あやめ？」

「はい」

あやめが安堵しながら、顔を見上げると、さっと影が差す。

（え⁉）

なんと、鬼童丸があやめの頬に口づけを落としてきたのだ。

「ななな、ひ、人前でこんなことはダメです！　鬼童丸さん！」

「いや、したくなったんだから良いだろう？　夫婦だし、減るもんでもないしな」

「私は嫌なんです！」

「嫌って、そんなきっぱり言うなよ」

「人前はダメですってば！」

「だったら、人前じゃなきゃ、ありってことだな」

「そ、それは……！」

夫婦のやりとりを尻目に、紅葉が流麗な眉を顰《ひそ》めた。

「本当に、どうしちゃったのよ、鬼童丸様！　あんなに人間の女を探すのが嫌だって言ってたじゃない⁉　頼光にかけられた呪い、その姫を喰い続けないと生きていけなくなるっていう類のものだったでしょう？」

……喰い続ける。

「その子を喰い殺しちゃったら、それ以降の食料もなくなってしまって、鬼童丸様自体も死んじゃうっていう、ものすごく意地の悪い呪いをかけられてたじゃない」

紅葉が叫ぶ。

「その娘のことがそんなに好きなのは呪いのせいなの⁉ それとも、そう思い込まないと死んじゃうから、好きなふりをしているの⁉」

鬼童丸は努めて冷静に返す。

「紅葉、お前は心配し過ぎなんだよ。あやめは、俺の嫌う類の女なんかじゃねぇ」

「だったら、どんな女だってのよ⁉」

すると、鬼童丸があやめを強く抱きしめた。

「鬼だとか人だとか関係なく、どんな相手に対しても分け隔てなく旨い飯を振る舞える。そんな優しくて、いじらしくて、俺にとっての唯一無二の女なんだよ」

「……っ」

鬼童丸は断言した。

紅葉は怯む。

「こいつが料理をする珍しい姫だったおかげで、俺にも母親との幸せな時があったんだって思えた。辛い過去だって乗り越えることができそうだ。本当に感謝している。

そう、こいつは俺にとって神や仏に等しい」

「鬼童丸さん」

鬼童丸の眼差しに射抜かれ、あやめの心臓がドキンと跳ね上がった。

「あやめ。お前にとっての俺もそうであってほしいと願うよ」

鬼童丸はあやめに再度微笑みかけると、今度は紅葉に向かって語り掛けた。

「それで？　俺のことが心配なのは分かるが、お前は自分の心配をしていろよ。お前の好きな相手は、俺じゃなくて……」

「ちょっと！　この場で言うのはやめて！」

「だったら、俺を使って相手の気を引こうとせずに、ちゃんと相手に向き合うようにしろ。あと、あやめに謝れよ。まあ、一度言っちまった悪口は取り返せないがな」

紅葉はぐうの音も出ない様子で、黙ったまま立ち尽くしていた。

鬼童丸があやめに向き直る。

「あやめ」

「鬼童丸さ……」

彼の顔が近づいてきたかと思うと、唐突に唇を塞がれてしまった。

「ん……」

紅葉の目の前だというのに、息継ぎもできないほどに長い口づけを施される。

しばらくすると、相手の唇からやっと解放されて、息ができる。

「鬼童丸様が本気なのは分かったわ」

紅葉が二人の姿を見て、ぽつりと呟く。

「北の方様、ごめんなさい」

そうして、紅葉は粉熟《ふずく》を抱えたまま、一目散にその場を立ち去ったのだった。

「やれやれ、これで一件落着か」

けれども、あやめは呆然としたまま、何も答えることができなかった。

「どうした?」

「だ……だって……」

彼女の顔は真っ赤になっていた。

「夫婦とはいえ、私達はまだ知り合ったばかりですよね? そ、その……こんな人前で……く、く、口づけは……」

鬼童丸も何か悟ったのか、顔が真っ赤になっていく。だが、すぐに言い訳をはじめた。

「さっきのは、ごちゃごちゃ言う紅葉に対して、お前の立場を立てただけで! そもそも、知り合ったばっかりの男に、唯一無二だとか言われても嬉しくねえよな」

普段は堂々とした振る舞いの鬼童丸なのに、だんだんと声が小さくなっていく。

「嬉しくないこともなくって。鬼童丸さんのことを嫌いだとかそういうのではなくてですね！　えぇっと、その……」

あやめは大きく息を吸い込むと、思い切りよく叫んだ。

「私も良かったら、鬼童丸さんのことをもっと好きになりたいです！」

「もっと⁉　お前は俺のことが好きなのか？」

ますます真っ赤になる鬼童丸の様子を見て、あやめはハッとする。

「ち、違います！　今のは言葉のあやでして！」

二人して慌てふためく。

鬼童丸が咳払いをした。

「ああ、そうだ！　粉熟《ふずく》は美味しかった！　良かったら、美味しい唐菓子《からかし》を俺に披露しろよ」

「そ、そうですね！」

こうして心の距離を更に縮めた二人は、この後、菓子を一緒に作った。途中、手が触れ合うだけで赤面しながらも完成させた後は一緒に食べて、そうして一緒に昼寝をして過ごしたのだった。

第六話　姫、鬼に愛される

鬼童丸とあやめの誤解が解けてから数日が経った。

主君である鬼童丸から注意を受けた鬼女・紅葉が、屋敷に顔を出すことはなかった。

（鬼童丸様の親戚なのだったら、私にとっても親戚になるのだから、もっと仲良くできたら良いのに……）

そう思って、何度か文《ふみ》を送ってみたが、反応はない。

「先日の一件で嫌われているのかしら？」

耳聡《みみざと》く拾った鬼童丸が、即座に否定した。

「そんなことはねぇ。単純にお前に言い過ぎたと思って、出て来づらいだけだろうさ。しばらくしたら、あいつからまた話しかけてくるだろう」

「そうでしょうか？」

「そうだ。おい、あやめ、ちょっと良いか？」

「はい」

返事をして見上げると、彼の綺麗な顔が近づいてくる。

「ん……」

二人の唇同士が重なった。

しばらく相手から唇を貪られると、舌に舌が絡んでくる。

体液を全て絞り尽くされるのではないかと言う位に、舌を吸われた。

あやめの頬が紅潮してくる。吐息が熱くて、頭がクラクラしてきた。

そうして、彼の唇がゆっくり離れる。

「よし、これで補充は完了だな」

「は、はい……」

いつまで経っても慣れない口づけ。

だけど、最近気になっていることがある。

（やけに口づけの回数や時間が増えたような？）

それこそ、人前だとかも気にしない勢いだ。

あやめとしては羞恥で卒倒しそうなので、どうにか改善したかった。

「いくら皆に夫婦と知られているからと、さすがに限度があるような？」

すると、あやめの意見に対して即座に反論があった。

「足りねえんだよ、お前が……」

「え？」

「お前を喰い足りねえんだよ」

吐息と共に切望するような声音で告げられてしまう。

「……喰い足りない？」

「言葉通りの意味だ。お前に飢えて渇いて死んじまう前に……お前のことを全部喰っちまいてえ」

彼の直球発言に、あやめの胸がドキドキと跳ねた。

「そ、それは、その……」

鬼童丸の言葉意味するところは分かるので、あやめは恥ずかしさで俯《うつむ》いてしまった。

「おっと、いけねえ、仕事に戻らねえと。じゃあな」

鬼童丸は、その場から駆けていく。

あやめは落ち着かない心臓をどうにか宥《なだ》めつつ、先ほどの彼の様子を思い出した。

(最近、飢えている回数が増えている気がする。このままだと鬼童丸さんが呪いのせいで餓死しちゃうかもしれない。さすがに覚悟を決めないといけない？)

そう——本来ならば、鬼童丸はあやめのことを喰わないとダメなのだ。

本当は文字通りあやめの血肉を喰らわないといけなかったのだが、一度食べてしまうと食糧が永遠に失われてしまう。どうにかして喰わずに済む方法がないか探したところ、「食う」と「喰う」の言霊をかけて、生贄として性的に喰えば良いことが発覚したのだという。

鬼童丸からすれば、あやめのことは愛人や奴隷の立場にしても良かったはずなのに、女性としては一番位の高い北の方にしてくれたのだ。

（鬼の山に来てから、鬼の皆が家族みたいに優しく接してくれるから、すごく幸せになれた。その恩を鬼童丸さんに返してあげたい）

それに何より……。

彼のことを思うと、心臓がとくとくと速くなる。

（そう、彼になら命をあげても構わないぐらい、私は彼のことを……）

あやめは胸の前で両手を重ねると、本当の初夜に向けて気合をいれることにしたのだった。

「ふんふんふん」

あやめはちょっとだけ鼻歌を歌いながら、台盤所《だいばんどころ》で料理に精を出していた。

彼への想いを伝えたい。

ちょうど時期も良かったし、先日の話を聞いた際に思いついた菓子を作っていた。

母子餅《ははこもち》。

芽吹いたばかりの母子草《ははこぐさ》をすりつぶし、餅粉とあまづらと一緒にこねる。

白と緑が幾何学模様に混ざっていく様が美しい。

「鬼童丸さんがお母様に愛されていたんだって分かるような、そんなお菓子を作ってあげたいな」

そんな願いを込めつつ、あやめは餅を練る。

捏《こ》ねれば捏《こ》ねるほどに、どんどん生地の色が柔らかな緑色に変わっていく。その様を見ていると、何だか幸せな心地になっていった。

柔らかくて弾力のある生地に触れ続けていると、胸が高鳴っていく。

ふと鬼童丸の唇の感触を思い出して、あやめの頬が紅潮する。

「わ、私ったら……！」

(鬼童丸さんとしっかりした夫婦になりたいだとか、そんな不純な動機ではなくて)

そうは思うものの、夫になった彼の端整な顔立ちが頭に浮かんでは消えていく。

紅葉には顔が良い男に色々言われたら……だとか、そんなことを言われたことを思いだす。

「確かに鬼童丸さんの見た目は素敵だわ。だけど、それ以上に……普通なら料理を作る変人だとか、瞳だって猫の化け物みたいだとか、男に騙された女の子どもだって言われたりして育ったけれど……」

そんな外見のことや置かれている立場や環境だけでなく――ちゃんと自分の本質を見てくれた鬼童丸。

鬼以上に人間のことが嫌いだったはずなのに、それでも自分を妻に娶《めと》ってくれて――あまつさえ、好意を抱いてくれた鬼童丸。

そんな彼のことが……

「そう、私は、鬼童丸さんのことが……」

手で捏《こ》ねていた、深緑色の餅とは対照的な、赤みがかった黒髪に紅い瞳の持ち主の美青年。

あやめが桜色の唇を開いた。

そうして、想いを口にしようとした、その時――

「ああ、また二人きりになれた」

唐突に男の声を拾う。

あやめはハッとして背後を振り返った。

台盤所《だいばんどころ》の入り口には、源頼光の弟を名乗る件の鬼の姿があった。

「どうして？　ちゃんと鬼の里の結界と見張りを強化したって、鬼童丸さんは言ってて……」

ふっと、相手が立つ戸の付近に視線を向ける。

件の鬼の足元に、幾人もの鬼達が倒れ伏していた。

「皆！　まさか、貴方が何かしたの？」

あやめが言葉を発した時には、もうすでに男は近くにいて、腕を掴まれてしまっていた。

男がねっとりとした声で告げてくる。

「さあ、僕と一緒に来てごらん」

彼の声を聞いた時には、もう遅かった。

「あ……」

あやめの頭の中に白い靄《もや》がかかったようになり、頭がクラクラして、何も考えられなくなっていく。

「もう、君を離さないよ。頼光兄者の大事な者は僕の大事なものだ。だから、僕の手に堕ちて幸せにおなり。僕の大事な花嫁――あやめ姫」

あやめが男の言葉を最後まで聞くことは叶わなかったのだ。


執務に当たっていた鬼童丸は、仕事中だったが、妻の作ってくれた唐菓子《からかし》を摘まんで幸せな心地に浸っていた。

「何だかよく分からねぇが、今日はあやめが張り切って、新しい菓子を作ってくれてたな」

自分のために誰かが何かを作ってくれることの幸せを噛み締める。

「いやいや探し出した人間の女だったが、こんなに頭の中を占めるようになるなんて思ってもみなかった」

まさかこんなに自分の心を占めるようになるなんて……

「あやめ、俺は……」

先日渡せなかった櫛《くし》を手に取る。行商人から買ったものだ。

人間達は平安貴族の真似事をして、花の枝に文《ふみ》をくくりつけて添えている。

「本当に柄じゃあねえが、俺はお前に……」

鬼童丸が何か言いかけた、その時。

頭の中で何かが割れる音が響く。

「何だ？　山の結界に綻《ほころ》びが！」

彼が警戒していると、近くの御簾《みす》がバタンと倒れた。

「鬼童丸様、大変なことが起こったようだ」

普段はぼんやりしている茨木童子が、ボロボロの様子で現れるではないか！

「どうした⁉　お前がこんなことになるなんて、まさか……！」

「そうだよ……先日の……頼光の……弟とかいうのが……急に現れて……」

そこで茨木童子の目つきが変わる。

赤い目をぎらつかせながら、鬼童丸へと襲い掛かってきた。

「どうした、茨木⁉」

咄嗟に印を結んで、相手を捕縛した。

だが、今度は向こうから、血走った眼の八瀬童子も飛びついてくるではないか。

「ちっ、何かの術に操られてるのかよ⁉」

味方を攻撃するわけにもいかず、手刀で少年の首を叩いて眠らせる。

その後も、わらわらと鬼達が畳の上に現れては鬼童丸目掛けて迫ってくる。

「お前達！　正気に戻れ!!」

だが、相手方の妖術がかなり強いのだろう。

解呪になかなか時間を要する。

「ああ、くそっ、埒が明かねえな!!」

上級の呪いを唱えきると、全ての鬼達の動きを止めた。

「あやめ、今行く！」

刹那。

空間を歪ませようとした鬼童丸の手を目掛けて、光の茨が巻き付く。

新たな茨がしゅるしゅると伸びると、彼の身体を雁字搦《がんじがら》めに縛り上げていく。

「くそっ、この気は！」

「ごめん、鬼童丸様、身体が勝手に……動いてしまって……」

術者は紅葉のようだった。鬼の里の中でも妖術の使い手として名を馳せているため、
鬼童丸が解呪しようにも時間がかなりかかってしまう。

「茨木と紅葉を操れるなんざ、どんだけの手練れだよ！　って、ああ、こんなことできるのはあいつぐらいしかいねえか」

光の茨は、鬼童丸の四肢に絡みつき、動きを奪う。

負けじと妖術を行使して、光の蔦《つた》を弾く。

すると、紅葉の身体がどさりと雪の上へと倒れ伏した。

折り重なるように鬼達が倒れ伏した向こう……雪で覆い尽くされた庭へと目をやる。

ゆらゆらと陽炎のように視界が揺れ動く。

そこには、刀を手に持つ武将の姿があった。黒い束帯闕腋袍《そくたいけってきほう》を身に纏《まと》っている。

「あの姿は……」

ざくざくと雪を踏みしめながら、相手は近づいてくる。

「久しいな、鬼童丸」

男は悠然と笑んだ。人間のはずなのに、その出で立ちは十五年近く前と変わっていない。

「頼光」

鬼童丸は——宿敵である源頼光と約十五年ぶりの再会を果たしたのだ。

「こちらに、あやめの姿はないようだな」

頼光が探している相手の名を聞いて、鬼童丸の頬がピクリと引きつった。

「どいつもこいつも、俺の女に何の用だよ！」

周囲に風が巻き起こる。

かと思えば、空に灰色の重たい雲が集結する。

薄暗い中、轟き始める。

そうして鬼童丸が呪を唱え終わると雷が武将目がけて降り注いだ。

もうもうと土煙が起こる。

靄《もや》の中、傷一つない武将の姿がそこにはあった。

「頼光！　そこをどけ！　今はてめえの相手をしている場合じゃねえんだよ‼」

怒る鬼童丸のことを、頼光が挑発する。

「何だ？　まさか鬼の頭領ともあろうものが人間の女に惚れてしまったとでもいうのか？」

「ああ？　頼光、てめえは俺に喧嘩売ってんのかよ？　それの何が悪いんだよ？」

対峙する頼光の表情からは何を考えているのかは読みとれない。

「お前の抱いているその想い。私がかけた呪いのせいだと言えば……お前はどう思う？」

「ああ？　呪いのせい？」

鬼童丸が威嚇するように唸《うな》った。

頼光は淡々と続ける。

「そうだ。今、お前が妻にした女への気持ちが、溢れるような愛が、それが全て術によって引き起こされた、まやかしでしかなかったとしたら？」

「俺が今抱いてる気持ちが全部嘘？」

「ああ、この武将・頼光が、鬼と人間の争いに終止符を打ちたいがためにかけた呪いだ」

「そんなことは百も承知だ。俺の力を削ぐためにかけた呪いだってことはな」

「鬼の頭領であるお前が、女に恋して油断している隙に捕らえる。そのために、お前があの子を愛するように仕向ける類の呪いだったとして、お前はどうする？」

頼光は、冷淡な雰囲気を纏《まと》ったまま、鬼童丸に問いかける。

だが、鬼童丸が迷うことはなかった。

「上等だ！」

頼光のこめかみがぴくりと動いた。

「鬼童丸、気でも触れたか？」

「触れちゃあいねぇ」

宿敵・源頼光に無理矢理かけられた呪いのせいで、十五年近くひどい目に遭ったと思っていた。だが——

「こんなに幸せな気持ちになれるんなら、呪いも悪くねぇ」

少年時代に訳も分からないまま掛けられた呪いのせいで、好きでもない人間の女性あやめに当初は本能的に惹かれていた。

だけど、それは出会ったばかりの頃の話だ。

彼女の作ってくれた握り飯をきっかけに心が揺れ動いた。

それからは、彼女のことをもっと知りたいと思うようになって、どんどん惹かれていった。

今なら、彼女への想いは呪いの類でも何でもない――自分の心の奥底から湧いてくる感情だと――鬼童丸は確信するまでになっていた。

「……命だけじゃなくて、心まで救ってもらえたんだ」

先日渡しそびれた櫛《くし》と花と文《ふみ》を手に、鬼童丸は愛妻・あやめへと想いを馳せる。

「頼光、仮にお前がかけた呪いだったとしても、それが解けて正気に戻ったとしても、俺は何度でも、あやめを愛してみせる!!」

鬼童丸の決意を聞いて、頼光がふっと笑った。彼が太刀《たち》を腰に仕舞う。

「さて、鬼童丸、私は鬼は嫌いだ。お前の相手を長々としてやりたいが、今はその時ではないようだ。今回は我が弟が招いた事態」

「やっぱり、お前の弟の仕業で間違いないようだな。それにしても、どうしてお前の姿は変わらない？　どうして、あやめと纏《まと》う雰囲気が……」

同じなんだ？

そう問いかけようとしたが、相手に遮られてしまう。

「今はその話はやめておこう」

「頼光」

名を呼ばれた武将が悠然と笑みを浮かべた。そうして、宿敵に向かって提案を始める。

「さあ、一時休戦だ。互いに愛する者を救うために共闘しないか？　鬼童丸」

＊　＊　＊

遠くから、ぴちゃんぴちゃんと水の音が聞こえてきた。

頬に冷たい滴がかかる。

「ん……」

あやめは目を覚ました。

薄暗い場所のようだ。

少しだけ離れた所で、ぼんやりと灯篭《とうろう》の鈍い光が舞う。

だんだんと目が慣れていく。

「ここは？」

身体を起こすと、冷たくてごつごつした岩の手触りを感じた。

どうやら洞窟のようだった。

「目覚めたのかい、あやめ？」

突然声が聞こえて、あやめはハッと身をすくめる。

背後には、件の鬼の姿があった。

彼の後ろには、見覚えのある人物の姿もある。

「橋さん」

食事の入った坏《すき》を持たされて震えている。おそらく無理矢理言うことを聞かされているのだろう。

彼女の立つ向こう側、仄かに光が漏れ出ていた。目を凝らすと、無理矢理飯を作らされる鬼達の姿があった。

眼が窪んだり、血走ったり、皆が普段の様子とは違っていた。

あやめは、自分を攫った鬼を見やる。

「貴方は、皆にどうしてひどいことをするんですか？」

だが、それについては答えてくれなかった。

穏やかな笑みを浮かべながら、自己紹介をはじめる。

「そういえば、今から夫婦になるというのに、名乗っていなかったね。僕は人間達には丑御前《うしごぜん》と呼ばれているよ」

「丑御前？」

「そう。本当の名前は何だったか、もう思い出せないな。君の父親の弟なんだよ。だから、君と僕は、叔父と姪の間柄になる」

丑御前の話を聞いて、あやめの肌が粟立った。

それと同時に、彼の話の内容が気になった。

（私の父様の弟？　だって、この人のお兄さんは人間よね？）

あやめの反応など気にも留めずに、丑御前は語り続ける。

「兄者に愛されなかった僕だけど……君のお母さん・さくら姫が、兄者の子を身籠った時に……どうしようもなく運命を感じたんだ。腹に宿った君に、ね」

あやめの背筋にぞくぞくと冷たい何かが走る。

湧き上がる恐怖を振り払うべく、ひりつく喉から何とか声を絞り出す。

「私のお母様が、貴方のお兄様である源頼光様の子どもを身籠った？」

だとすれば、あやめの父親は……

「そう、君の父親は、僕の兄・源頼光。弟のことだって見殺しにしようとするんだ。薄情な男だよ」

「私の父親が、源頼光様？」

衝撃的な事実が判明して、あやめの身体が戦慄《わなな》いた。

丑御前が大仰に告げる。

「信じられないのも仕方ないよね？　とにかくひどい男なんだ、兄者は。だって、まだ幼い娘に呪いをかけてさ。おおかた、鬼の頭領を捕縛するために、娘を利用して、鬼童丸に呪いをかけたってとこだろうさ？　君が手に入らなければ死ぬ呪いを……強制的に愛し合うような……そんな類の呪いをさ……！」

「……っ」

彼の言い分だと、呪いのせいで、鬼童丸とあやめが惹かれ合った。

そんな風に聞こえてしまう。

（確かに出会いのきっかけは呪いだったかもしれない）

そう、出会うためには必要な呪いだったに違いない。

だけど、それ以降の交流で育まれた思いが、それらが全て呪いのせいだとは到底思えないのだ。

「仮に……」

「どうしたんだい、あやめ姫」

「もしも、呪いで惹かれ合っていたんだとして、強制的に愛し合うような呪いをかけられていたんだとして……」

あやめは自身をかき抱いて震えを止めると、丑御前をまっすぐに見据えた。

「私は鬼童丸さんのことが好きなままよ」

「どこから来るんだい、その自信は？」

「そんなの決まっているわ。私の心がそう叫んでいるのよ！　だから、私は……無理矢理鬼を操って、言うことを聞かせて！　無理矢理食事を作らせるような、そんな傲慢な鬼の花嫁にはならないわ！　きゃっ、離して！」

丑御前に抱きかかえられた。鬼童丸の時とは違って、触れられると恐怖しか湧かない。

「離してったら！」

背後に準備されていた御帳台《みちょうだい》の下へと連れて行かれる。

準備された寝衣達。

「だったら、どうだというんだい？」

丑御前は、あやめのことを衾《ふすま》の上に押し倒した。

ちょうど、頭の近くに坏《すき》があった。攫われる時に、一緒に持ってきたのだろうか。

敷かれたとう紙の上に母子餅《ははこもち》が載っていた。

「やっ……」

「力ずくでも君を奪って、鬼童丸と君との間にある呪いを断ち切ってしまって、そうして、僕にしか抱かれない呪いをかけるんだ。僕がこんなんだから、兄者はさくら姫のことは妻にしなかった。数十年持つ結界だけを屋敷に張ってさ。気がないふりして、結局二人は現世では会えないまま、さくら姫は死んじゃったね」

「まさか！　貴方のせいで、お母様とお父様は一緒に暮らせなかったの……⁉」

「二人が勝手に決めたことで、僕には関係ない話だよ」

相手の勝手な言い分を聞いて、あやめは涙が込み上げてくる。

丑御前は続けた。

「母は能力の高い兄ばかりを優遇した。いや、単純に鬼として生まれてしまった僕が嫌だったのかもしれない。外に出たくても、出してはくれなかったし、ずっと幽閉されて育ったようなものだったな。そうして時々出てくるのは、あまりにも味気ない草ばっかりの料理の数々だ。僕はずっと肉を食べてみたいって言ってたのにさ」

あやめはピンとくる。

丑御前は爪をガリガリと噛んでいた。

「まあ、僕の過去の話なんてどうでも良いさ。さあ、君と鬼童丸との間の呪いを解かなきゃあね」

彼が纏《まと》う衣服の衿《えり》をくつろげる。

鬼童丸が同じ仕草をした時には、胸が高鳴るだけだったのに……丑御前に対しては嫌悪感が強い。

(鬼童丸さん！)

思わず、あやめは目を瞑る。

その時、閃光が煌めく。

目を開けたくても眩しくて叶わない。

光の格子《こうし》が、あやめと丑御前を包み込んできた。

「これは……この光、この術は……兄者!!」

周囲に風が巻き起こったかと思うと、バンッと大きな音が鳴る。

気付けば、岩壁に丑御前の身体が磔《はりつけ》にされていた。

(何が起こったの？)

ふっと、光の格子《こうし》が消える。

「あやめ！」

「鬼童丸さん！」

寝そべっていたあやめの身体がふわりと宙に浮く。

抱きかかえてきた相手は、鬼童丸だ。

彼は彼女に頬をすり寄せながら慈しんでくる。

「良かった、お前に何かあったんじゃねえかと、気が気じゃなかった」

彼の額には汗がじわりと滲んでいた。あやめを救出しようと必死だったのだろう。

彼の想いが伝わってくるようで、すごく幸せな気持ちになれた。

どうやら側に別の人物がいることに気付く。

（この人は……）

立っているのは、黒い袍《ほう》に身を包んだ武将。

「頼光、てめえもあやめに何か言いたいことはねえのかよ」

頼光は、あやめの方へとちらりと視線を向ける。

「今はそんな時ではなかろう。まだ丑御前の気持ちは荒ぶったままなのだよ？」

鬼童丸がやり取りをしている相手の姿を見て、あやめの身体が緊張で強張った。

（源頼光……）

鬼童丸も仏頂面だと思うことがあるが、わりと喜怒哀楽ははっきりとしている。

だが、頼光はまるで凍てついたかのように表情を変えない。

それに、父親であるはずなのに、どうしてだか鬼童丸と同じぐらいの年齢にしか見えない。

あやめの視線に気付いたのか、頼光が振り向いた。

そうして、想定外の出来事が起こる。

頼光がふっと口元を綻《ほころ》ばせたのだ。

「さくらによく似たな。苦労をかけた、あやめ」

あやめの胸中に複雑な感情が起こる。

その時、丑御前が歓喜の声を上げた。

「兄者！　来てくれたんだね！　さあ、兄者の娘は僕のものだ。ねえ、兄者、鬼童丸にかけたという呪いを解いて、僕にかけておくれよ。そうしたら、あやめ姫を介して……僕は兄者と一緒の何かに生まれ変わることができるんだ……！」

光の茨で捕縛されてしまった丑御前が、正直なところ何を言っているのか理解しがたかった。

だが彼は兄・頼光に対して、とても複雑な感情を抱いていたのだろう。

「ああ、だけど、僕自身は捕まっちゃった。仕方ないから、簡単に幻術にかかっちゃう間抜けな鬼達を活用しよう」

すると、操られていた鬼達が一斉に、鬼童丸と頼光目掛けて襲い掛かってくる。

だが、彼らにとって敵ではなかった。

鬼童丸は素手で、頼光は刀で、鬼達を殺さないまま次々と薙《な》ぎ倒していく。

(妖術なしでも、二人共十分強い)

倒れた鬼達が折り重なって積み上がっていく。

鬼童丸があやめの側を少しだけ離れた瞬間、操られた鬼の一匹があやめに向かって飛びかかってきた。

「きゃっ！」

「あやめ！」

あやめが思わず目を閉じた。だが次に襲ってくるはずの襲撃は訪れなかった。ゆっくりと目を開くと、頼光の広い背が見えた。彼が刃で鬼を弾くと、後ろを振り向いた。

「あやめ、無事でよかった」

頼光の慈しむような眼差しに、あやめの心臓がトクンと跳ねた。

（この人が私の……）

お父さん。

言葉にはできなかったが、あやめの胸の内に春風が吹いてくる心地がした。

頼光はまた鬼との戦闘に戻っていく。

「娘を守ってもらわねば困る」

「俺が行こうとしたら、お前が先に行っただけだっての！」

頼光のぼやきに対して、鬼童丸が反論しているのが聞こえた。

そのまま二人が背中合わせになって戦い続ける。

そうして、瞬く間に戦いの決着がついた。

かなりの大人数を相手にしていたはずなのに、二人して汗一つかいていない。

鬼童丸がぶつぶつと何かを唱えると、ふっと光の茨が解けて、丑御前が地面に倒れ伏した。だがすぐに茨が縄のようになって、彼の身体を拘束する。

「ああ、今度こそうまくいくと思っていたのに……」

丑御前は、地面に這いつくばったまま涙を流していた。

そんな彼の元へと、あやめはとあるものを持って近づいた。

「丑御前さん、獣の肉を喰わせなかったのは、人の味を知らせないようにと、丑御前さんの母親が配慮したのではないでしょうか？」

するると、丑御前が目を血走らせながら叫んだ。

「そんなことないさ！　あんな身勝手な母がそんなこと思うかよ！」

あやめは彼の側に膝をついた。

「鬼童丸さんのお母様だってそうでした」

丑御前がぴくりと反応する。

「子どもが半人半鬼だろうと、そのまま鬼で生まれたのだとしても、人間だけれど妖のような瞳を持って産まれたのだとしても……母というものは子を愛する存在だと思うのです。勿論、中にはそうでない人もいますので、絶対そうだとは言い切れませんが……少なくとも、丑御前さんのお母様は、貴方のことを思いやっていたように思うのです」

あやめは、本当は鬼童丸に渡すつもりだった母子餅《ははこもち》を丑御前に渡した。

ふっと、在りし日の思い出が頭を過《よぎ》る。

「そういえば、昔……何か美味しいものをくれないかと男の子が、声をかけてきたことがございましたね。あの時は、春の七草が感じられる母子餅《ははこもち》とおにぎりでしたね」

まだ母が存命だった頃、母に連れられて、あやめはどこかの山の麓《ふもと》の村で過ごしたことがある。その際に、山の修行僧と共に暮らす少年達が、あやめが滞在していた村に遊びにきていたことがあった。

「あ、もしかして……」

少年達の顔が浮かんでくる。

「そうか、そうだったのね。一緒におにぎりと餅《もち》を食べて、美味しい、自信を持ってと言ってくれたあの男の子達は……」

鬼童丸と丑御前の姿を、あやめは交互に見やった。

特に鬼童丸はあやめの料理に執心しており「いつかお前を俺の料理番にしてやる」と宣《のたま》っていた。

「これは、どこかで見たことがある」

そうして、目の前の丑御前が餅を手に取ると一口食んだ。

「もっちりして美味しいとは思いませんか？」

しばらく咀嚼していた丑御前だったが、涙を流し始める。

「うん……そうだね……」

あやめは立ち上がると鬼童丸の側へと戻った。

そうして、彼に向かってふんわりと微笑みかける。

「貴方は、ずっと前から、私の作る食事を褒めてくださっていたのですね？」

「ああ？　どういうことだよ？」

「ふふ、こちらの話です」

その時、ふっと洞窟の中の炎が揺らいだ。

「鬼童丸、あやめのことを頼んだぞ」

頼光の声がしたかと思うと、再び炎は元の勢いを取り戻した。

あやめは気になって周囲を見渡す。

「そういえば頼光様は？　丑御前さんもいったいどこへ？」

あやめの実父である源頼光は忽然と姿を消していた。

捕縛していたはずの丑御前の姿もなくなっていた。

「そのうち俺にかけた呪いに関してあいつに聞きてえが、まあ、別にかかったままでも、解けてもどっちでも良い」

「そうなのですか？」

「ああ、俺はあやめさえ側にいれば、それで良いからな」

蕩けるような笑みを向けられると、あやめの胸がきゅうっと疼いた。

本当はこのまま思いを伝えてしまいたい衝動に駆られたが、今はそんなことをしている場合ではない。

「さあ、鬼の皆を助けてまわりましょう、鬼童丸様」

「ああ、分かった」

ふと、あやめは鬼童丸の袖を引く。

「救出活動が終わったら、貴方様にお話がございます」

「俺からも話がある、あやめ」

すると、彼が彼女のこめかみに口づけた。

そうして、二人して屋敷中に倒れた鬼達の介抱にあたり始めたのだった。

＊　＊　＊

源頼光は鬼童丸とあやめの前から離れ、丑御前を背負い山を下っていた。かつて兄弟で登ったことのある大江山。

あの頃は小さかった弟。だが、もう大人になっているため、背負うには重すぎるぐらいだ。しかも意識を失っているため、非常に重たかった。

以前のような悲壮感はなく、ゆったりとした足取りで歩を進める。雪がちょうど降っていたのか、丸裸になった木々には真っ白な雪が覆っている箇所があったが、ところどころ木々の表皮が露わになっており、雪解けを感じさせた。

草履がそこかしこに落ちている枯れ枝を踏みしだく、流れる水で湿気った土にぬかるむこともあったが、頼光が転げるようなことはなかった。遥か下方を眺めつつ、露出した石を蹴り飛ばしながら前へ進む。

視界が開けると、遠く水平線と蒼い海が見えた。

あまりにも遠方にあるので潮騒が聞こえてくることはないが、かつて妻と共に眺めた記憶が脳裏に浮かんできた。

共に過ごした時は短いものだったが、色濃い記憶として残り、今でも鮮やかに思い出せる。

「う……」

「丑」

「兄者」

もう随分大人になったはずなのに、浮かべる表情は幼少期のものと変わらなかった。

泣き崩れてぐしゃぐしゃになった相貌を見ていると、捨てたはずの感情が揺さぶられるようだ。

『家族三人で海を見に行きましょう』

脳裏に愛しき妻の言葉が蘇る。

「さくら」

頼光はかつての出会いを思い出していたのだった。

第七話　武将、鬼と姫をつがわせる

まだ人と鬼が争いを繰り広げていた頃のこと。

京の都の中を一人の武官貴族が歩いていた。

男の名は、源頼光。黒髪と同じ色の瞳の持ち主であり、少しだけ神経質そうな美丈夫だ。鬼を祓《はら》うための太刀《たち》を腰に下げている。

彼は憎き天敵・酒呑童子との戦いで疲弊していた。

（せっかく大江山から降りてきていて好機だったというのに、今日も仕留めきれなかった、ふがいないな）

彼の側に普段なら控えている頼光四天王は各々の任務に出ているので一緒にはおらず一人きりだ。月のない夜道を誰にも見つからないよう慎重に歩を進める。

「……っ……」

負傷した脇腹の傷が再び開いたのだろうか。鋭い痛みと鈍い重みが一度に訪れると、頼光はその場にしゃがみこんでしまった。

応急処置として妖術の炎で傷口を焼いて対応したのだが、所詮は一時的なものに過ぎない。新たに血を流していれば、別の鬼達や血に飢えた獣を誘《おび》き寄せてしまうかもしれない。

(ここは左京か、屋敷までまだあるな)

碁盤の目に区切られた都の大通りを眺めながら、頼光は心の中で落胆した。

その時——

「こちらにいらしてください」

夜だというのに鈴のように可憐な声が耳に届く。

見れば、そこには市女笠《いちめがさ》を被った女性の姿があったのだ。

頼光の筋が一気に強張る。闇のような漆黒の瞳を眇《すが》めながら返した。

「何奴だ?」

すると、相手は怯むことなく返事をしてくる。

「ご安心ください。私《わたくし》は、こちらの屋敷の娘です」

こんな夜更けに外出するなど、どこぞの市井の民かと思っていれば、貴族の姫だと宣《のたま》うのか。

彼女が指すのは背後にある大邸宅だった。だが、すっかり荒れ果てており、人が住んでいるとは思えない状態になってしまっている。

ここに住んでいる貴族は、かつては栄華を誇ったが、何らかの理由で落ちぶれてしまったといったところだろう。

鬼がこちらを騙してきているのかもしれない。

油断はしない。

太刀《たち》をいつでも抜けるように柄に手をかける。

だが、その瞬間、先ほど以上の痛みが襲い掛かってきた。

「……っ」

頼光は、柄から手を離すほかなくなってしまう。

気付けば、女性はまるで猫のようにしなやかに彼の側へと近づいてきていた。

彼女の纏《まと》う枝垂れ布がひらりと揺らめく。合間から覗く顔は、まるでこの世のものとは思えないほどの美しい女性だった。

ドクン。

頼光の身の内に今までに感じたことのないような衝撃が襲う。

（何だ？）

そっと彼女の優美な手が頼光の裾に触れてきた。

「貴方、怪我をしているのでしょう？　血の匂いに誘われてきた鬼に気付かれては危険です。さあ、早く中へ」

――罠かもしれない。

頼光の中で理性と本能とがせめぎ合う。

けれども――

（この女が何者かを知りたい）

どうしようもなく湧き上がってくる衝動には勝てず、女性に誘われるがまま頼光は屋敷の中へと入ることになった。

とある部屋へと通されると、筵《むしろ》の上に座らされる。女がたらいを持ってきたかと思うと、さっと頼光の側にしゃがみ込んだ。

「動かないでくださいませ」

「……なっ……」

唐突に直衣《のうし》に手を掛けられてしまい、思わず声を上げてしまった。

「大胆な女だな」

「怪我をしておられますのに冗談を言うなどと余裕がございますのね」

頼光に冗談を言ったつもりはなかったが、彼女からはそのように受け取られてしまったらしい。

　汚れた衣服を剥ぎ取られると、武官貴族として鍛えた筋肉が露わになる。硬い肌の上に大きな傷が走っていた。男の裸体を見ても何も思わないのか、女性は顔色一つ変えずに水を掬《すく》うと、彼の傷口の汚れを洗い落としてきた。水が想像以上に冷たくて、少しだけ呻いてしまう。

「……っ」

「冷たいものしか用意できずに申し訳ございません」

　傷口を丁寧に洗った後、清潔な白布でその大きな傷を覆い始める。女の手馴れた動きに頼光は感嘆してしまう。

「手早いな、慣れているのか？」

「ええ、父が元々は医官でしたから。それに、従者《ずさ》が鬼に襲われる事件が続いておりますので、手当てをする機会が増えたのでございます」

「そうか」

　しっかりと手当てを終えると、彼女がふうっと息を吐き、額に滲んだ汗をぬぐった。先ほどまで険しかった表情が一気に緩む。元々の愛らしい姿が目に入り、頼光の鼓動が再び跳ね上がる。

──自分はこんなにも俗物だっただろうか？

そう悩まざるを得ないぐらいに、相手に対して邪《よこしま》な感情を抱いてしまっている。

「男を誘う霊か何かかと思ったが違うようだな」

頼光が臆面もなく告げると、目の前の女性の頬にさっと朱が差す。

「そんなつもりでは。怪我をしている人を放ってはおけなかったのです」

そんな彼女の華奢な身体を彼は大胆にも引き寄せた。

「あ……」

二人の顔が近づく。

愛らしい顔を見つめながらも淡々と頼光は問いかけた。

「名は何というのか教えてはくれないか？」

「さくらと申します」

春に咲く美しい名を冠する女性。

「さくら、か……優しくも芯の強いお前によく似合う名だ」

男の口上に慣れていないのか、さくらと名乗った女性は先ほど以上に顔を赤くしていた。

それ以上に、頼光は自身の思いがけない発言に動揺していた。誰彼構わず女性相手にそのような言葉を掛ける性分ではないからだ。

ふと、彼女が不思議な言葉を口にし始める。

「今、未来が視えました」

「未来？」

何を言い出すのかと思ったが、彼女の眼差しがあまりに強くて、彼は視線を逸らすことができなくなった。

「長きに渡る人間と鬼との争いが終息する未来が」

「何を言っている？　そんなことができるのならば、とっくに成し遂げてしまいたいものだ」

頼光は皮肉を返したが、さくらの宿す瞳の光は揺るがない。

やはり魔性の類ではなかろうか？

このままこの場にいては、魅了されて身動きが取れなくなりそうだ。

「失礼する」

その夜、頼光はさくらの手当てを受けて、その場を去った。

翌朝、内裏におわす帝に鬼討伐の報告を追え、牛車に乗って帰る頼光だったが、どうしても昨晩の姫のことが頭に浮かんでは消えていく。

結局、その夜もさくら姫の屋敷に足を運んでしまった。

二日三日と通い――頼光はさくら姫と事実上の夫婦関係となったのだった。


それから約一年近い月日が経った。

源頼光は鬼退治に忙しい身でもあり、鬼達に目を付けられてはならないからと、さくら姫と懇意にしていることや自分たちの間で夫婦の契りを交わしたことを周囲には黙って過ごしていた。

「さくら、すまないな。迷惑をかける」

「いいえ、良いのです、頼光様が平和を取り戻してくださるのをお待ちしておりますから」

「そうか、ありがとう」

頼光は寄り添うさくらの腹に手を添えた。近頃、懐妊したのだ。まだ父となる実感は湧かないが、宿った命を慈しむように撫でさすると、彼女は穏やかに微笑んだ。

頼光は菖蒲《あやめ》の花をさくらに手渡す。

「まあ、こちらどうなさったのですか？」

「子にと思ってな。お前は花の名を冠しているだろう？　だから、男であればショウブと読ませ、女であればアヤメと読ませれば良い」

「さようでございますか」

すると、さくらが口に手を当ててふふふと微笑んだ。

「寡黙で不愛想な頼光様もわりと歌人のようなところがございますのね」

「歌人のようだったか……」

頼光は器用に耳だけ赤くしながら、妻に向かってぶっきらぼうにそれだけ返した。

そうして、さくらがまた不思議なことを口にし始めた。

「きっとこの子が人間と鬼との争いに終止符を打ってくれるでしょう」

「……そうか」

今のように、さくらは時折、未来が視えているような発言をすることがあった。

狂言のようでもあるが、頼光との明るい未来を望んでくれているからこその発言だろう。その戯言さえも今は愛おしく感じていた。

「名残惜しいがまた来る。必ずや鬼を倒し、お前を大々的に妻として公表してみせる。それまでどうか待っていてくれ」

「はい」

頼光は健気な妻と離れがたい気持ちを押し殺して、朝陽が昇ると同時に大納言家の屋敷を立ち去ったのだった。


それから数月後、さくら姫は頼光の子を産んだ。

生まれてきた子は娘だったため、予定通り、あやめと名付けられた。

子はすくすくと育ち、それから更に三年近い月日が経とうとしていた。

ある日、頼光は昼の仕事を終わらせて、久しぶりに生家へと戻っていた。

食事を済ませた後、自身の住まう東の対へと戻っている最中、壮年の女性とすれ違う。

「頼光、ああ、無事に帰ってきてくれたのね」

女性の正体はこの屋敷の北の方であり、頼光にとって実母に当たる人物だった。

以前は溌溂とした美貌の持ち主だったが、夫との間にできた第二子を育てるようになってからは、思いつめたような表情をすることが増えるようになったのだ。

頼光の同母弟・丑御前。

そう、頼光の実弟である彼は、生まれた時から鬼だったのだ。

父は母が鬼と契ったのではないかと、毎日のように責め立てた。そのせいで、父と母は不仲になった。

北の方は、丑御前に対して愛憎入り交じった複雑な感情を抱いている。我が子として育ててきたために愛おしさが半分、化け物が生まれたことに対しての憎悪半分といったところだ。

「母は体調が優れません。頼光、貴方があの子にこちらを持っていってくださいますか？」

「承知しました」

頼光は北の方から盆をもらう。載っていたのは季節外れの母子餅《ははこもち》だ。

そうして、丑御前が住まう東の対へと向かう。他の対とは違って、庭には鬱蒼とした木々が植えられており、日中でもどことなく薄暗い場所だ。

ミシミシと鳴る回廊を渡りきると、御簾《みす》をバサリと開く。座敷牢へと改修されている場所の真ん中、筵《むしろ》の上に座り込んでいるやせっぽちの少年へと声をかけた。

「おい、丑や、食事を持ってきたぞ」

声をかけられた丑御前は黄金の瞳をぎょろりと光らせると、ボサボサの長い髪を振り乱しながら、兄の到来を喜んだ。

「兄者が来てくださったのですね！」

頼光が盆に置かれた食事を差し出すやいなや、丑御前はガツガツと食事を始める。

その様は、まるで乞食か、はたまた死んだ人間の身体を喰らう鬼のようだった。

丑御前は食事を終えると、ふうっとため息をつき、それでもなお飢えたような視線を兄・頼光へと向けた。

「兄者、妻との間の子が生まれたのではございませんか？」

まるで頼光がさくら姫と一緒にいた現場を見たかのような言い草だ。

頼光はギュッと拳を握る。

丑御前の疑しげな目を見ていると、つい真実を告げたくなってしまいそうだが、家族にも世間にも内密にしているのだ。だから、頼光は妻・さくら姫と娘・あやめ姫に関しては口を噤《つぐ》んだまま、丑御前の視線をまっすぐに受け止めた。

「……では、失礼する」

立ち去ろうとした頼光の背に向かって、丑御前が声をかける。

「兄者、隠しても分かります。数年前からずっと分かっていました。貴方の子が妻の身に宿っていることを。そうして……」

頼光は内心の動揺を気取られぬように、直垂の裾を捌《さば》いた。

「その娘こそが、我が運命なのだと。ああ、きっと兄者に似て愛らしい娘なのでしょう。彼女と僕が結ばれれば、僕は兄者とずっと一緒に過ごすことができる」

そんな未来はありえない。

丑御前は、光の差さない場所でずっと過ごしているからだろう。最近は特におかしな言動が増えてきていた。

その言葉は聞かなかったふりをして、頼光は仄暗い場所から立ち去ったのだった。


頼光は生家を発つと、酒呑童子が住まう大江山へと向かうことになった。

これまでに、部下である四天王達と共に鬼達を倒す算段を思案していた。

その際、酒呑童子を誘い出すための手段として、酒呑童子と人間の姫の間の子である鬼童丸の名前が挙がった。

「酒呑童子を誘い出すために、鬼童丸を囮にすれば良い」

鬼童丸は、十歳ぐらいの子どもではあるものの、後々脅威となる可能性が高い。

酒呑童子を誘い出すためだけでなく、そもそも今の内に何かしらの手を打っておくのが良いだろう。

現在、鬼童丸は両親のもとを離れ、大江山の中腹にある寺に預けられているという。

そこで、頼光は単独でその寺へと向かうことにしたのだった。

寺のある大江山は、都から外れた場所にある。高位貴族が向かっているとはバレないように、やや貧相な牛車で麓《ふもと》へと向かう。坂道に関しては徒歩で行くしかないだろう。

到着後、車から降りた足で、さっそく山の中腹へと向かい始める。鬱蒼とした森の中だ。まだ昼間だというのに人気がない。まだ初夏だというのに冷たい風が吹いて、頼光の烏帽子《えぼし》を揺らした。

草鞋でザクザクと獣道を進む。

頼光は背後にいる人影に声をかけた。

「丑御前、ついて来ているのは分かっている。叱ったりはしない。隠れてないで出て来い」

ざわざわと茂みが揺れ動いた後、ひょっこりと痩せっぽちの弟が姿を現したのだ。先ほど食事を取った時のままついてきたのだろう。単衣《ひとえ》姿に草鞋をひっかけただけの姿だ。

「兄者、気付いていたのですか？」

「無論」

頼光はすぐに踵《きびす》を返すと、丑御前へと視線は向けずに前へ前へと進む。

「兄者のように、鬼退治をしたいのです」

「足手まといだ、山を下りろ……と言いたいところだが、下りたところで都に帰る術もないだろう？」

丑御前がハッと息を呑むのが伝わってきた。

「中腹にある寺に向かっている。ついて来い」

「兄者！」

先ほどまで陰っていた丑御前の表情が太陽のように晴れる。

「ただし、我が身は自分で守れよ」

そうして、二人して無言のまま山を登る。

何もない坂道で、鳥の鳴き声や羽音、獣が茂みを駆ける音が聞こえた。

しばらく歩いた先、開けた場所が見えてくる。

「そろそろだな」

数名の托鉢僧達が境内の掃除を行っているのが見えた。しばらくすると、寺の鐘が鳴り響き、皆が建物の中へと消えて行く。

気付いた頃には夕暮れ時が迫っていた。

すると、人々が捌《さば》けた後の境内に、ひょっこりと男童《おのわらわ》が姿を現わした。

頼光は目を眇《すが》めて相手を見据える。

現れた男童《おのわらわ》は赤みがかった黒髪にぎらついた瞳の持ち主だ。人間のような姿をしているが、どことなく酒呑童子の面影を残している。

（あれが鬼童丸か）

男童《おのわらわ》の側には、女人禁制の場所のはずなのに女童《めのわらわ》の姿もあった。

「ねえねえ、鬼童丸様、今日も紅葉と一緒に山を下りちゃいましょうよ」

どうやら女童《めのわらわ》の名前は紅葉というらしい。

「いやだね、紅葉、昨日の夜に村で悪さをしでかしたばかりなんだから、今日も出向いたら、飛んで火に入る夏の虫だぜ」

そう言うと鬼童丸は近くの大木に登り始め、大きな枝にひょいと腰かけた。

「そうかしら？」

「そうだよ、紅葉、もっと頭を使えよ」

「使ってるわよ、鬼童丸様ったら意地悪なんだから」

紅葉と呼ばれた少女が頬を膨らませながら、鬼童丸に抗議していた。そうして、男童《おのわらわ》に続いて幹に手をかけると木登りを始める。

一見すると愛らしくも可憐な見た目だが、纏《まと》う妖気はただものではないことを頼光に伝えてきていた。

子ども同士の軽妙なやりとりに聞こえなくもないが、村で悪さをしでかしているという単語が気にかかった。

（子どもだからと放ってはおけないな）

やはり今の内にどうにかする必要がある。大人になって今以上に手が付けられないようになってからでは間に合わないのだ。

頼光は捕縛のための印を結び始めた。

「兄者……？」

丑御前がその時、ハッと何かに気付く。頼光の側をすり抜けると、大木に向かって駆け始める。見れば幹にしがみついていた少女の身体がぐらついて地面に叩き落とされそうになっているではないか。

「危ない！」

丑御前が叫んだ。

頼光は、子ども達に向かってぶつけようとしていた呪を中断する。

そうして、木の下では、丑御前が落下する紅葉の身体を抱きとめていた。座敷牢の中に閉じ込められている身の上だというのに、少女を取り落とすことなく逞しく抱える姿は、やはり鬼の血によるものだろうと頼光は改めて気付かされる。

丑御前が柔和な笑みを浮かべる。

「危なかったね」

「ええ……ありがとう」

紅葉がぽっと頬を赤らめながら返した。

「おい、紅葉、大丈夫か？」

男童《おのわらわ》が木から軽々と飛び降りて着地する。常人とは違い、身体能力がずば抜けて高いようだ。

丑御前がそっと紅葉の身体を地面に下ろした。

頼光はと言えば、茂みに隠れて三人の様子を見守ることにした。その方が有益な情報にありつけそうだと思ったからだ。

紅葉が丑御前をまっすぐに見据える。

「ねえ、貴方も鬼なのでしょう？」

「え？」

紅葉に問われた丑御前の声が上ずった。

「一応、両親も兄者も人間なのだけど、なぜだか僕だけ鬼の姿をしていたんだ」

「ふうん、鬼同士だったり片親が鬼だったりすると鬼として生まれてくるし、人間として生まれてきて、後天的に鬼になることだってあるのだけど……胎の中にいる頃に何か呪いでもかけられたのかしら？」

しばらく唸《うな》っていた紅葉だったが、表情を和らげると丑御前に向かって可憐な唇を開く。

「私はね、紅葉。鬼の頭領・酒呑童子と対を成す純血鬼一族の姫に当たるのよ。助けてくださってありがとう。貴方、きっといいことが起こるわ。たとえば、私の従者《ずさ》として、これから先一緒に過ごせるとかね」

まだ女童《めのわらわ》だというのに妙に艶めかしい笑顔を浮かべていた。

きっと普通の人間だったら、それだけで彼女の虜になってしまいそうなものだ。

「家来が嫌なら……そうね、私の愛人の一人にしてあげても構わないわよ」

妖艶《ようえん》な少女の誘いに対して、丑御前はふんわりと微笑む。

「そうなんだね。だけど、僕にはもう運命の人がいるんだ。だから、ごめんね」

紅葉が衝撃を受けているではないか。わなわなと震え出すと丑御前に宣言した。

「わ、私だって、鬼童丸様っていう許嫁がいるんだから!!」

二人の会話に鬼童丸が割って入る。ニヤニヤした調子だ。

「へえ、紅葉の魅了が効かない男なんざ、珍しいな。っていうか、お前は俺の一族とは別の純血鬼の一族で、鬼の中では親戚扱いだろう？　血縁婚は鬼同士じゃ禁止だろこの境内に集合だ！」


うが？」

「もう！　鬼童丸様は黙ってて!!」

彼の発言を聞いた紅葉はバツが悪そうにしていた。

丑御前はキョトンとしている。

気を取り直した紅葉が丑御前に問いかけ直した。

「本当、まさかこんな男の人がいるなんて……貴方、名前は何ていうの？」

「僕？　僕は丑御前だよ」

「丑御前……だから、のんびりした調子なのね？」

「名は体を表すというし、そうかもしれないね」

丑御前は何も気にしていないようでへらへらと微笑んでいた。

すると、ぽんと手を打った鬼童丸が宣告する。

「よし、丑御前、お前も俺の家来にしてやる。今日は解散だが、また明日この時間に
この境内に集合だ！」

鬼童丸と紅葉の二人に巻き込まれた丑御前はニコニコしていた。

そんな中、寺の鐘がボーンボーンと低い音を鳴らした。

「行くぞ、紅葉！」

「待ってよ、鬼童丸様！」

男女の鬼は、寺よりも更に山の上へと駆けのぼっていった。イノシシの子どもよりも素早く、まるで風のような速さで、やはり人間ではないのだと分かる。

そんな二人の様子を丑御前は黙って見送っていたのだが——

ぐるりと頼光の方を振り向いた。

「兄者、どうして出てこなかったのですか？」

のんびりとした調子で丑御前が問いかけてきた。

「ああ、童達が戯れているところに、大人が水を差すのはあまり良くないかと思ってな」

「兄者は優しい御人ですね」

「……そうではないさ」

頼光は心の中で独り言ちた。

——嘘は吐いていない。

優しいから三人の前に出ていかなかったわけではない。

なぜならば、実際に丑御前と会話していた鬼の力を完全に削ぐのが目的なのだから。

「俺は鬼は嫌いだが、人も信じてはいない。お前も容易に誰かに依存するような生き方はするなよ」

丑御前は何を言われているのかは分かっていないようだった。

ちょうど、その時――

ぐるぐるとした唸《うな》り声が聞こえてきたかと思うと、茂みから一匹の兎が飛び出してきた。呪にでもかかっているのだろうか。頼光目掛けてぎらついた牙を覗かせながら飛んでくる。

頼光が印を結ぶよりも早く、腰に下げた太刀《たち》を引き抜こうとしたところ、丑御前が先に動いた。

「兄者！」

人とは思えぬ早業で丑御前が狂った兎を弾き飛ばす。きゃいんと声を出して兎が地面に叩きつけられた。

もうそれで終い。

そうだと思ったのだが――

「兄者を傷付けようとする者は何人たりとも許さない!!」

悪鬼のような形相を浮かべた丑御前が弱った兎相手に追い打ちをかけようとしたのだ。

「よさないか、丑御前！　もう勝負はついている！　その兎は操られていただけだ！」

今まさに兎の首を締めようとしていた丑御前の動きがピタリと止んだ。

「深呼吸をして、心を整えろ」

凶暴な獣のような――否、凶悪な鬼のような相貌へと変わっていた丑御前が、次第に落ち着きを取り戻していく。

「兄者？」

丑御前から解放された兎は、よろめきながら茂みの方へと向かっていった。

「僕は……」

「気にするな、たとえお前が鬼であろうとも、俺は……さて、門を閉められる前に寺に向かうぞ」

かくして、二人は寺の方へと歩を進めたのだった。

頼光と丑御前の兄弟は、その晩、寺の中で休ませてもらえることになった。

かなり良い部屋を宛がってくれたようで、屏風に豪奢な御仏の色彩画が描かれている。

筵《むしろ》の上、頼光は背筋を正して正座をしつつ、匙《かい》で飯を食す。

痩せっぽちの丑御前のことを憐れんだ住職が飯を分けてやると、当の本人は乞食のごとくガツガツとかき込んでいた。

「いつもお前は何かに飢えているな」

「え？　そうですかね、兄者」

「ああ、私から見ればだがな」

お前が半分だけ鬼の血を継いでいるからだろうとは頼光の口からは言い難かった。

身寄りのない孤児や浮浪児達に対して寺は無償で食事を配っている。貴族達が好むような姫飯ではなく、庶民達が食する強飯《こわいい》だが、湯をかけて食べると心なしか柔らかくなる。熱い湯が喉に染みて、頼光の気持ちを上向かせた。

「兄者、この硬い飯、最高に旨いです」

「そうか、それは良かった」

頼光はそれだけしか返さなかったが、丑御前は至極満足そうだった。

食事が終わった後、丑御前が庭に遊びに出たのを確認してから、頼光は住職と膝を突き合わせながら話をしていた。

茶を啜った後、頼光が続ける。

「酒呑童子の血を継ぐ鬼童丸のことだが、どうやら鬼の童と遊んでいるようだな」

彼の一言に住職が渋面を浮かべた。

「ええ、親戚だからという理由ですがね。毎日悪戯をしでかしはしますが、やはりまだ子どもというべきか、鬼としては覚醒はしておりませんので」

「さようか」

　すると、住職が続ける。

「頼光様は子どもでも鬼ならば滅せよ、と。そういう意向なのでしょうか？」

「……そうだな、昔はそうだった」

「昔は、と言いますと？」

　頼光は瞼を伏せる。

　もしも……

　愛する女性が自分の子を産んだ。人間の子として生まれてきたが、もしも何か不測の事態が起こって鬼となってしまったのならば……愛おしい我が子を……

「殺すことなどできはしない」

　頼光がふっと瞼を持ち上げると、住職は怪訝な眼差しを向けてきていた。

　これまでならば、鬼に温情をかけるなどありえなかったが……

「全て滅ぼしてしまいたいと願っていたのに、年を取ったのかもしれないな」

　頼光の言葉を聞くと、住職はそれ以上は何も言わずに座敷から立ち去っていったのだった。

そうして、迎えた夜。

結び灯台の炎が揺らめく中、畳の上に兄弟揃って雑魚寝をする。年も離れているからか、二人でこんな風に一緒に寝るなど、幼少期でさえほとんどなかったので、新鮮さを感じた。

「兄者」

のんびりとした口調で丑御前が声をかけてきた。

頼光は、他の貴族達に比べて体力に恵まれて生まれたとは思っている。だが、京の都から外れの山まではわりと距離があり、移動で疲れたため、正直早く眠りたかった。だから寝たふりをして誤魔化そうかと思ったのだが……

「丑、どうした？」

こんな機会も滅多にない。せっかくだから反応してみることにした。

「このように兄者と一緒に眠るのを夢見ていたので、叶って良かったです」

丑御前は痩せ衰えて少年のような見た目になっているが、そろそろ元服《げんぷく》間近の年頃だ。それに反して幼い言動が多いのは、座敷牢に閉じ込められて現世と隔絶されて育ったからだろう。

「そうか、それは良かった」

頼光は実の兄ではあるが、それ以上相手と何を話して良いか分からなくなり、瞼を閉じる。眼裏に炎の揺らぎを感じている内に、徐々に眠りに誘われていく。

「兄者、お願いがあるのです」

うつらうつらしている自分に向かって、喜色を孕んだ声音で丑御前が告げてきた。

「運命の姫君。兄者の娘と結ばれて、晴れて家族になりましょう、その日が来るのが楽しみなのです」

ひと昔前になるが、母親さえ違えば婚姻が許された時代がある。だが、この平安の世では兄弟どころか叔父や姪、叔母や甥といった関係での婚姻は禁忌とされているのだ。

それにもかかわらず平然とそんなことを宣《のたま》う丑御前。

人ならざる者の証である発言のような気がしたが、否定するのも野暮だと思い、そのまま水に流すかのごとく、頼光は眠りに就いたのだった。

翌日、寺の境内の中では僧侶達が日々の営みを続けていた。

寺は山岳地帯にあり、切り立った崖のような場所に立っている。今日は雲一つなく、森の更に向こう、遥か遠くに海が見えた。

「兄者、すごいですね、あれが海なのですか？」

「さようだ」

ふと、京の都で暮らす妻の姿が脳裏に浮かんだ。

『さくらは海が見たいのか？』

『ええ、いつかさくらは見とうございます。一人では遠い旅。けれども家族皆でなら怖くないとは思いませんか？』

いつも何があっても笑顔で迎え入れてくれる優しき妻。

殺伐とした鬼退治の日々を労ってくれる柔らかで穏やかな存在。

彼女のことを想うと、自分にも人の感情が残っていたのだと気付かされてしまった。

（いいことなのか悪いことなのかは分からないがな）

心を殺して鬼退治に挑んできたが——情など持たなければ良かったと、いつか後悔しそうな出来事に出くわしそうだと疑念が沸いてくるようになってしまった。

特にさくらの腹に子が宿り、日に日に大きくなっていく腹の姿を見出した頃から、否応なしに守るべき存在が増えるのだと思い知らされた。生まれてくれれば、目に入れても痛くないほどに大切な存在だと認識した。

失うものなど何もない頃にできていた無謀な振る舞いができなくなっていく。そんな自分は臆病な生き物に成り下がってしまったようでさえある。

けれども、一方でさくらとあやめと一緒に過ごせる日々を思い浮かべるだけで、自然と平和をもたらそうと前向きに考えられる自分もいた。

「兄者は海がお好きなのですね」

「どうしてだ、丑？」

丑御前の唐突な問いかけに頼光は思わず問いかける。

「だって、海だって話したら、すごく幸せそうでしたもの！」

諭されてしまい頼光はハッとする。

――これ以上はダメだ。

丑御前に内心を悟られるようでは、まだまだ未熟な証拠だと言えよう。

「そうか、忘れてくれ」

「……？　つまり、どういう意味なんだろう？　……兄者が言いたいのは……」

丑御前は、まるで僧侶達のように問答をし始めた。

思いがけず頼光の頬が緩む。

いけないと思ったはずなのに。

——平和になりさえすれば得られる幸せを夢想してしまう。

鬼さえいなくなってしまえば、今のような想像をしても許されるかもしれないのだ。

(そのためにも戦うしかない)

頼光が決意の炎を燃やしていると、境内の外れで何かが蠢《うごめ》く気配があった。

昨日の鬼童丸達とは違う気配の何者か。

「何者だ？　ここは僧侶達が結界を張っているはずだが？」

目の前に姿を現したのは——獣に鬼が憑依した生き物のようだった。

昨日といい、どうやらこの付近一帯で、いつもとは違う何かが起こっているようだ。

頼光が印を切り呪を唱えると、たちまち鬼は蒼焔に包まれ、立ちどころに消えていく。けれども、獣に憑りついた鬼の猛攻はなかなか止まず、茂みの奥から次々と現れては、炎に炙られ死に絶えていった。

陽が頂点に昇る頃には、鬼はもう飛び出してくることはなかった。

「兄者、寺の周囲には結界が張られているというのに、やけに鬼が多く出没すると思いませんか？」

「確かにそうだな」

頼光は顎に手を当てて考え込む。

昨日見た、酒呑童子の長男・鬼童丸。父親である酒呑童子は雄々しく荒々しい見た目をしていたが、鬼童丸は人間である母親の美貌を受け継いだのか、繊細な印象が強い容姿をしている。だが、ありあまる生命力や妖力などは、酒呑童子と同じかそれ以上を秘めているようだった。そんな鬼の御曹司ともいえる鬼童丸の存在が、鬼達の動きを活発化させているのだろうか。

「これは早々に手を打たなければならないかもしれない」

「兄者？」

思案に耽《ふけ》る頼光の姿を丑御前は黙って見つめるのだった。


あれから数日が経った。

丑と鬼童丸と紅葉の三人は、楽しく遊んで過ごし、交友を深めているようだった。

一方、頼光はといえば、鬼達の棲家の情報を収集しながら、寺の手伝いとして打ち捨てられた人々の霊を弔って回っていた。

頼光は、読経をしながら鬼によって殺された者達の無念を感じ取っていた。霊達の多くは成仏するが、鬼に殺されて怨霊と化して鬼に変貌してしまうこともある。

「人々の憂いを全て祓《はら》ってやらねばならない」

全ての死せる者達の無念を無にしないために、敢えて彼らの死を目に焼き付けて進んだ。

「兄者、そろそろ刻限です、遊びに行って参ります」

丑御前に声を掛けられて頼光は意識を現実へと戻した。

「そろそろか」

丑御前が鬼童丸と紅葉と約束を交わしていた時間になった。

寺の境内の近くへと兄弟そろって進む。

丑御前には「若者達で語らう時間の邪魔はするつもりはない」と説明しつつ、茂みの中から彼らの動向を見守ることにした。

人気のない境内に可憐な少女の声が響く。

「丑、どこにいるの？」

すると、丑が喜色を孕んだ声音で返した。

「ここにいるよ」

返事を聞いて紅葉が返す。

「まあ、こんなところにいたのね」

気を良くしたのが分かるぐらい弾んだ声。夕暮れ時だから分かりづらいが、頬を朱に染めているのが分かってしまう。

紅葉の背後からは、あくびをしながら鬼童丸が姿を現わした。

「よし、丑、ちゃんと来たみたいだな」

背筋を伸ばしながら、歯を見せて快活に笑った。

一見するとのようにも近所のガキ大将のようにも見えて可愛らしさもあるが、鬼は鬼なのだ。

鬼童丸が思いがけないことを喋り始めた。

「丑、今日は俺の母さんのところに向かおうと思っている」

すると、紅葉がぼやく。

「鬼童丸様の母親のこと、紅葉は嫌いだわ」

「何でだよ？」

「だって、いつも暗くって、嫌な感じ。元々人間の姫なのは分かるけれど、ずっと酒呑童子様に囲われてばかりだったし、現に人里で暮らすようになってからは、何にもできないじゃない？　ご飯の調達だって全部鬼童丸様にさせてさ。本当は母親のあの女がしなきゃいけないっての」

するとみるみる鬼童丸の表情が険しいものへと変わっていく。

「母さんの罵倒はやめろ」

紅葉がビクリと身体を震わせた。

そんな二人の様子を丑御前はニコニコしながら見ていたけれど、間に割って入った。

「まあまあ二人とも、落ち着いてよ。せっかくなんだからさ、皆で村に遊びに行こうよ。ちゃんと謝れば、村の皆も許してくれるさ」

「そうなのかな？」

「そうだよ」

そうして、三人は山を下りることにしたのだ。

——その先に悲劇が待っているとも知らずに。


三人は、下流に向かって流れる河沿いを駆け下りていた。

頼光は彼らに見つからないよう、離れて後を追う。

鬼童丸は、川の上に立ち並ぶ岩の上をピョンピョン跳ねながら、どんどん先へ進んでしまい、紅葉と丑御前のは置いていかれてしまっていた。

「待ってください、鬼童丸様！　きゃっ！」

紅葉が着物の裾に足を引っかけて転んでしまう。

そのまま地面に身体を打ち付けてしまうと思いきや——

「危ない」

彼女の身体を丑御前がさっと抱きしめて助けた。

「ちょっと腰に手を回さないで！　あんたなんかに助けられなくても、全然大丈夫だったんだから！」

紅葉が赤面したまま背後の丑御前に食ってかかる。

「ああ、ごめんね」

抗議する彼女と比べて、丑御前は穏やかな調子のままだ。

「わ、私は、あんたみたいな、もやしみたいな奴よりも、鬼童丸様みたいな男らしい人の方が好きなんだから！」

「そうなんだね」

のんびりとした調子の丑御前を見て、紅葉は頬を膨らませた。

「残念だなあとか、そういうのはないわけ⁉」

「え？　どうして？」

「むう」

紅葉がますます頬を膨らませた後、腕組みをしながら、ぶつぶつと呟き始める。

「もう、何よ、鬼童丸様は親戚だから仕方がないにしても、丑はどうなっているのよ」

「おい、お前ら何やってんだよ！」

前方にいた鬼童丸がわざわざ二人の元へと引き返してきた。

「ごめんなさい」

「ごめんね」

二人の声が重なって森の中に反響したため、顔を見合わせた。

「何だよ、お前達、気が合うのな」

鬼童丸がガリガリと頭をかきながら二人のことを揶揄すると、紅葉が彼の背中をバンバンと叩き始める。

「違うんだから、鬼童丸様！」

「違うのかよ？」

問いかける鬼童丸に対して、丑御前がのほほんと問い返す。

「違うの？」

丑御前の問いに紅葉がぷいっと顔を逸らした。

「違うったら、違うの」

そんな彼女に向かって鬼童丸がやれやれといった調子で告げる。

「相変わらず紅葉は素直じゃねぇな」

そうして再び三人で出発したのだった。

＊＊＊

三人は麓《ふもと》の村の入り口付近に辿り着くと、作戦会議を始めた。

鬼童丸としては元々住んでいた村ではあるが、あまり良い思い出はない。

（だけど母さんがどうしてるのかは気になる）

一方で、母親に久しぶりに会えるかもしれない期待で胸を膨らませていた。

鬼童丸は、紅葉と丑御前に声をかける。

「母さんの家は村の外れにあるんだ。お前達はここで待っておくか？」

「そうしようかしら？　せっかくだから、何か贈り物とかしたらどう？　花とか？」

「花は綺麗だねえ」

紅葉が贈り物を提案している中、丑御前はのんびり空を眺めていた。

「花か、仕方ないな」

ちょうど初夏のため、菖蒲《あやめ》の花が道端に咲いていた。鬼童丸が一本摘んだ。

「よしっ、じゃあ、お前達、ここで待ってろよ！」

鬼童丸が前方を振り向いて入り口に向かって駆け始めた途端、何かが飛び出してくる。

「きゃんっ！」

何かにドンっとぶつかった。相手は前方に転がってしまう。

「うわっ、なんだ、こんなところに！」

動物か何かかと思いきや、なんと人間の女童《めのわらわ》だった。

年の頃は、まだ三歳になるかどうかといったところだろう。

ごろんと地面に転がった女童《めのわらわ》の瞳に涙が溢れる。

「ええん、あやめがせっかく作ったおにぎりとおもちが……母様に食べてもらおうと思ってたのに……」

わんわん泣く少女を起き上がらせようとしたところ、彼女の側におにぎりが転がっていた。地面に落ちはしたが、ちゃんとたとう紙に包まれているし、食べられそうだ。

「何だ、これ、旨そうだな」

鬼童丸が拾ったおにぎりをひょいと口の中に入れて、もぐもぐと頬張った。

「これ、旨いなあ。母さんが作ってくれたのとは大違いだ」

「あやめの、おにぎり、美味しいの？」

「うん、旨いな！　まだあるなら分けてくれよ」

どうやらたくさん作ってあったようだ。

鬼童丸がおにぎりをひょいひょい口に入れていく。

「すごい才能あるよ、お前！」

「本当？　あやめ、上手？」

「ああ、旨い、旨い。お前、名前があやめっていうのか？」

「うん、そうだよ」

すると、鬼童丸が手に持っていた菖蒲《あやめ》の花を女童《めのわらわ》・あやめに差し出した。

「お前と一緒の名前の花だな、せっかくだから、これをやるよ」

「あやめといっしょのお花！」

「そうそう、お、泣き止んだな」

泣いていたあやめだったが、すっかり笑顔になった。

「おにいちゃん、あやめ、おはな大事にする」

「おう、そうか、よかった」

するると、あやめがじいっと鬼童丸のことを見つめた。

「そのう、お兄ちゃんは、あやめのこと、おかしいって言わないの？」

「え？　何でだよ？」

「だって、おにぎりやおもち作るの変なんだって」

「はあ？　何で変なんだよ」

しゅんと落ち込むあやめの姿を見て、鬼童丸が満面の笑みを浮かべる。

「よし！　じゃあ、お前、大人になったら、俺専属の料理番になれよ！」

「ええっ、あやめが⁉」

「そうそう」

すると、近くにいた紅葉と丑御前も近づいてくる。

「鬼童丸様、なあに、その子？」

「せっかくだから僕も欲しいな。あ……」

丑御前の表情がどんどん明るくなっていく。

「君は……兄者の……！」

鬼童丸と紅葉が同時に首を傾げた。

「おにいちゃんも、どうぞ」

「え？　僕も良いのかい？」

そうして、丑御前もあやめから餅を受け取ると口の中に頬張った。すると、またたくまに笑みが深まっていく。

「美味しいね！　人間の女の子にこんなに優しくされたのは、僕、生まれて初めてだよ！」

丑御前がとろんとした瞳であやめのことを見ていた。

「さすが、俺の料理番だな！」

鬼童丸があやめの頭をわしゃわしゃと撫でまわしたのだった。

＊　＊　＊

子ども鬼達三人の後を追い掛けていた頼光が、目を見開く。

（あれは……！）

なんと、そこにいたのは、頼光の娘・あやめだったのだ。

都にいるはずの娘がどうして、そこにいるのか？

あやめに執心していた丑御前の表情がどんどん明るくなっていく。

「引き離さないと！」

その時、何者かが頼光の袖を引っ張った。

今の今まで気配を感じていなかったため、衝撃を受ける。

「何奴⁉」

頼光が身構えると、そこにいたのは……

「さくら？」

妻の姿が見えたため、頼光が衝撃を受けた。

「どうして、お前がここにいるんだ？」

すると、さくらが淡々と告げる。

「ここに来なければならないと予言がありました」

「それは……」

さくらの瞳が黄金色に輝いていた。

＊　＊　＊

それから夕方頃まで、鬼童丸はあやめを含めた四人で遊んで過ごした。

その後、あやめと別れた鬼童丸が、紅葉と丑に再度別れを告げて今度こそ村に入ろうとしたのだが……

村の入り口にある、木でできた簡素な門の辺りに物々しい雰囲気が漂っていた。

「様子がおかしいな」

「ええ、鬼童丸様、いつもと違います」

紅葉に対して丑御前が問いかける。

「いつもはこうじゃないの？」

「ええ、元々辛気臭い場所ではあるけれど、もっと活気付いているというか」

普段であれば、村の入り口で行商人と村人達がやり取りをしていたりするというのに、その気配はなかった。

それに、一番気になるのが……

「血の、匂い」

敏感に察知した鬼童丸が駆ける。その後を紅葉が続く。

「あ、待って」

二人を追いかけようとした丑御前の呼吸が促迫し始める。

そうして、鬼童丸が母の住む屋敷に辿り着く。藁《わら》ぶき屋根に木でできたボロボロの建物だったが、その周囲には人だかりができていた。どうやら村の男衆だけでなく女衆達も詰め寄っている。

「離してくださいませ」

鬼童丸の耳にか細い女性の声が耳に届く。

「だめだ！　人間を裏切った女が！」

ぼろぼろの小袖《こそで》の裾を男に引きずられているのは……

「母さん！」

鬼童丸の母親だった。

「母さんから離れろ！」

鬼童丸がひょいと男の身体の上に飛び乗る。だが、多勢に無勢だ。鬼童丸はすぐに周囲に取り押さえられてしまう。

「鬼の頭領を魅了しただけある。どれだけみすぼらしい格好をしても、別嬪さんだ」

そうして、下卑た男の手が鬼童丸の母の手にかかった。

「止めろ！」

だが、男衆達は母を嬲《なぶ》ろうとする。

鬼童丸の身体がわなわなと震え始めた。

「聞こえないのか⁉」

衣服が裂ける音が聞こえる。

彼が怒声を発しても、男衆達の手は止まない。

「止めろって言ってるだろう⁉」

鬼童丸の赤い瞳が煌々と輝いた。

ぶるぶると震える彼の身体に触れていた者達が、異常な熱を感じて飛び退った。

同様に男達に抑えられていた紅葉が叫ぶ。

「鬼童丸様、ダメよ、これは！　妖力が暴走して！」

次の瞬間。

鬼童丸を中心にして熱風が巻き起こると、次々に男達が弾き飛ばされていく。

建物の梁にぶつかるだけならいざ知らず、建築物ごと弾け飛んでいく。

しばらくの間、破裂音と轟音とが不協和音を奏でた。

爆風が落ち着いた頃には、倒れた人々はそれ以上動くことができなくなっていた。

建物が倒壊する音がミシミシと響いた。倒れる建物の下敷きにならないようにと、慌てて人が飛び出してくる。周囲にいた者達が阿鼻叫喚の地獄絵図のごとく悲鳴を上げて、逃げまどう。

「母さん！」

鬼童丸が母親の頭の近くへとしゃがみ込む。

元々病弱だった彼女だが、村人達に乱暴に扱われてしまったのと、先ほどの鬼童丸の妖力の暴走が原因だろうか、もうすでに虫の息だった。

「鬼童……丸……」

そうして、のろのろと、彼女の手が彼の頬に伸びる。

繊細だった母の可憐な唇が紡ぐ。

「……貴方を産んだから、こんな……人生に、なった……」

彼女は開眼したまま、それ以上何かを告げることはなかった。

「母さん……俺の……せいで……」

自分を産んだから、母は、こんなひどい目に遭ったのだろうか。

それとも、もっと自分に力があれば、違う言葉をかけてくれたのだろうか。

だけど、それに答えてくれる母は、もうこの世にいない。

「あ……ああ……」

鬼童丸の唇から嗚咽が漏れる。

全身が戦慄《わなな》く。母の着物を震える指先できつく掴んだ。

彼の紅い瞳からは、涙が止めどなく溢れ続けたのだった。

＊　＊　＊

一方その頃、丑御前は血の匂いを嗅いでから何かに目覚めようとしていた。

「……身体がおかしい……」

ドクンドクンと飛び出してきそうなほどに高鳴る心臓を押さえつける。呼吸がどんどん速くなっていって落ち着かない。細い指で前合わせをかきむしる。

「うう」

額には珠のような汗が滲む。全身がブルブル震えて落ち着かない。身体の奥底にある凶暴な何かが目覚めて、口の中から飛び出してきそうだった。

否、飛び出す前に、自分自身が牙となって。倒れた人に襲いかかりそうだ。

『喰ってしまえ、丑御前』

『美味しそうだぞ』

『人の血肉を喰えば、お前も強くなれる』

そんな囁きが身の内から聞こえてくるようだ。

歯をガチガチと鳴らす。

「助けて、兄者」

何かしらに集中しないと、このまま意識が何者かに持っていかれそうだ。

『喰え』

『くえ』

声に従えば、別の何者かになってしまいそうだ。

必至に抗い続けたものの、内側から湧き上がってくる衝動はあまりにも強く……丑御前はそのまま意識を手放したのだった。

「人を……喰らえ……」

かくして、鬼童丸と丑御前は――正気を失ったのだった。

＊　＊　＊

さくらと離れて頼光が駆けつけた時には、村は阿鼻叫喚の地獄絵図になっていた。

「人間なんて……全て……滅んでしまえば……」

憤怒に満ちた表情を浮かべる鬼童丸に対し、頼光は憐憫の視線を向ける。

（まだ人間らしいところが残っていたというのに……）

以前の自分だったら、鬼童丸に対して同情することもなかっただろう。

けれども、自分自身が父になってから子どもに対して憐れみを持つようになった。

母の命がむごたらしく奪われそうになる場面を見た鬼童丸の心中や、苦しくて正気ではいられなかったに違いない。

もしも娘あやめが同じ立場になったとしたら？

もしも……

この怒りで何も見えなくなってしまった鬼童丸が、本来の優しさを取り戻してくれたのだとしたら？

そんな迷いが頼光の中に生じた。

（だが、鬼童丸の妖力は暴走したまま。ここで鬼童丸の命を絶たなければ、被害が広がる一方だ！）

覚悟を決めた頼光が呪いを唱えようとしたところ……

「兄者！」

「っ……！」

頼光に向かって、何者かが襲いかかってきた。

「丑御前！」

正体は丑御前だった。

彼の眼は血走り、普段の温厚さはどこかに消えてしまっていた。何者かを食ったのか、唇の周囲には夥《おびただ》しい新鮮な血が付着していた。

頼光は即座に刀を抜いて呪を唱え、応戦する。

「丑御前、お前の相手をしている時間はないんだ！」

牙を剥いてきた丑の攻撃を一閃する。

だが、正気を失った弟の動きは止まることを知らない。

（このままだと、鬼童丸の暴走が拡大して……）

――この一帯にいる全ての者達を巻き込んで消失する。

「頼光様！」

その時、頼光の背後に妻のさくらが現れた。

「さくら！　どうして、ここに近づいてきた⁉　あやめの元へ向かえと頼んだはずだ‼　あやめはどうしたんだ⁉」

「こうなる未来は視えていました。全てこの日のため、覚悟はできておりました」

「お前は、何を言って……！」

「頼光様はどうか鬼童丸を！」

さくらの瞳は黄金色に爛々《らんらん》と輝いていた。

丑御前は金縛りにでもあったかのように、その場から動けなくなる。

この好機を逃すわけにはいかない。

頼光は鬼童丸に向き直ると、強い呪をかけ始める。詠唱に時間がかかるので、一言一句たりとも間違えるわけにはいかない。

（あと少し、あと少しで唱え終わる）

だが、頼光は目を見張る。

鬼童丸の側に、あやめが姿を現したのだった。

＊＊＊

鬼童丸の全身は熱を帯びていた。

身体が火照る。

内側から発する熱で、全身が融けてしまいそうな錯覚に陥る。

呼吸が促迫して、心臓の音が壊れるのではないかと言わんばかりに煩《うるさ》く鳴った。

(死ぬのか、ここで)

母を死に追いやった元凶は自分だ。

だったら、ここで死ぬのが似合いかもしれない。

(俺は……)

父からも母からも疎まれて、大江山の修行僧達に預けられて育っていた。

自分のことを慕ってくれる友人達はいたけれども、彼らには家族がいて、どこか何かが欠乏したような感覚がずっとあった。

(死ねば、この嫌な感覚からは逃げられるかもしれない)

あまりの熱さに地面の上をのたうちまわる。

「ううっ」

鬼童丸が死を覚悟した、その時。

「お兄ちゃん、怪我してるの?」

突然、場にそぐわない声が聴こえた。

「お前……は……」

鬼童丸は苦しみ喘ぎながら、昂《たかぶ》る呼吸を何とか落ち着かせる。

目の前に現れたのは、先ほどの女童《めのわらわ》だった。

「いたいの、かわいそう、あやめの、たべたら、なおる……？」

自身も危険に晒されていることになど、気付いていないのだろう。

彼女は必死に自身の着物をまさぐって、食べ物を探し始める。

「……今は、喰える状況じゃあ、ねえよ……ああ、ほら、あっちに行けよ」

「どうして？」

このままだと、この女童《めのわらわ》も暴走に巻き込んでしまう。

鬼童丸は、なんとなくそれは嫌だった。

「いいから……俺がちゃんと、後で迎えに行ってやるから……」

＊＊＊

頼光の呪が完成し、印を切り結ぶ。

光が爆ぜる。

鬼童丸とあやめの二人を包み込んだ。

「鬼童丸！」

光が収束すると、鬼童丸とあやめの二人は地面に倒れ伏していた。

「あやめ」

頼光がかけた呪い。

本来、それは頼光自身の命を引き換えにして鬼童丸を大江山に縛り付けるというものだった。

だが、そこに、あやめの言葉が重なり、呪が歪な形に変化してしまった。

（まさか、あやめを巻き込むことになるとは……）

自身の不甲斐なさを呪う。

強い呪をかけた反動だろう。頼光に一気に疲労が襲ってくる。ぐらりと身体が傾いた。

「頼光様」

「さくら」

頼光の身体を妻さくらが支えた。

彼女の瞳の色は黄金から元の黒玉へと戻っていた。

「丑はどうした？」

「そちらで眠っております。頼光様の弟御には私が呪をかけましたので。あやめが大人になるまでは、おかしなことはさせません」

「そうか、すまない、色々と苦労をかける」

「いいえ」

さくらは首をフルフルと横に振った。

「さくら、お前はどうしていろんなことを知っている？」

するとさくらが凛として告げる。

「私は、この国の巫女の血を継ぐ一族。京の都から北西に鎮守のための神社がございます。表では帝、裏では神がこの国を支えており、私は本来は神に仕える巫女なのです」

「そうか……」

「帝から聞いたことはあったが、お前は特殊な力を持つという一族の出身だったのだな」

「はい、私には神からの託宣――聞く力が備わっていたのです」

だから、いつも何かが視《み》えているような発言をしていたのだ。

この未来に至るということも。

そうであるならば、最善の道に進むに違いない。

「ですが、誤解しないでください」

「宿命だから貴方を愛したのではないと」

「そうか」


その時、鬼童丸の妖力の暴走など、まるでそよ風といわんばかりに、歩んでくる大男がいた。

「我が息子よ、鬼として覚醒したのか」


大地を震わすような低い声音。

頼光の眼の前に現れたのは、憎き鬼の頭領。

「酒呑童子」

赤みがかった黒髪に、粗野な風貌をした男だ。筋骨隆々としており、水干《すいかん》をざっくばらんに着流している。

酒呑童子は倒れた鬼童丸を見下ろした。

「鬼童丸、お前はもう人としては生きられないか」

彼は息子を肩に担ぐと、地面に倒れ伏した女性へと視線を向ける。

「姫は間に合わなかったか」

今度は、鬼童丸の母の身体を壊れ物でも扱うかのように抱える。その後、倒れ伏した頼光へと視線を移した。

「頼光、すまないが、今はお前の相手をする時間はない」

酒呑童子が無理矢理手籠《てご》めにした女に過ぎないと思っていたのだが、彼の瞳には涙が宿っているようにも見えた。

そうして、酒呑童子の周囲に風が巻き起こると、次の瞬間には姿を消してしまっていた。

「あやつでも誰かを愛おしく思うことがあるのだな」

かつての自分には欠落してしまっていた感情。

だが、さくらと出会って得ることができた哀憐。

酒呑童子の首を取る好機だったのかもしれなかったけれど、鬼童丸の母親が、頼光にとってのさくらなのだろうと思うと、攻撃する気が起きなかった。否、攻撃する体力も残っていなかったというのが正直なところだろう。

頼光は瞼を一度だけ閉じた後、そっと見開くと、鬼童丸へと思いを馳せた。

「どうか、あいつがこの子を愛するように」

続いて、あやめへと慈しむような視線を向ける。

呪いというには優しい……まるで祈りのような、願いのような……

こうして、鬼童丸への呪いは完成した。

頼光は愛しい娘に人と鬼との未来を託したのだった。


それから数月後。

鬼童丸へと呪いをかけた反動で、頼光の覚醒する時間が徐々に短くなっていった。

あんなにも好戦的だった鬼による人への攻撃が減ってきていた。

これまでに酒で酔うことなどなかった酒呑童子だったが、浴びるほど酒を飲んで酔いつぶれて眠りに就いていた。

頼光は、種族の差こそあれど、酒呑童子と自分にさしたる違いなどないことに気付いてしまっていた。

だから、鬼の頭領だからといって殺す必要などないのではないかと漠然と思うようになっていた。

もしかすると、分かり合えるかもしれない、と。

だが、他の人間達はこれまでの鬼達の悪行を許すことができなかった。

殺せと怨嗟の声は鳴りやまず、であれば、頼光が酒呑童子に引導を渡すのが良いだろうと、疲弊しきった身体で大江山へと再度出向いたのだ。

「これで終いだ」

幾度となく執拗に戦いを繰り返してきた相手だったというのに、あっけない最期を迎えることになろうとは……

あまりの呆気なさに、頼光はどこか虚しさを覚えた。

何の抵抗もなかったことに違和感だけが残る。

「頼光」

首だけになった酒呑童子がぽつぽつと口を開いた。胴体とは別れてしまっているというのに、何と強靭な肉体と精神の持ち主だろうか。鬼とはいえ称賛に値する。

「元々俺も長くはない。姫が俺の側にいることを、鬼達は許してはくれなかった。人の元に帰れば、姫は幸せになれると信じていたが、そうではなかった。だが……」

「何だ？」

「心残りは我が息子のことだ。あの子には半分は人の血が流れている。だからこそ、あの子が幸せになれる未来があれば、それで良い。人や鬼の争いなど、些末なことなのだ」

……頼光が敵対してきた酒呑童子は、そんなことを言う男ではなかった。

半生をかけて戦ってきた男の末路を見届けた頼光だったが、妻さくら姫があやめを産んでくれたおかげで、酒呑童子の気持ちが――子に託す親の気持ちがよく分かった。

「そうか、であれば、俺がお前の息子が幸せになれる未来を目指してみせよう」

すると、好敵手である頼光に向かって、酒呑童子が口の端をゆるりと吊り上げる。

「それならばよかった。ああ、これで、やっと姫の元に向かえる……お前に頼むのもおかしな話だが、頼んだぞ、頼光」

「……ああ」

かくして、敵の遺志を受け継いだ頼光は人と鬼との共存の道を選ぶ。

いつか遠い未来、どちらかが全て滅びてしまうのではなく、鬼と人とが共存できる世界が来るのであれば、と。

（どうか鬼童丸よ、あやめのことを……）

そうして、人と鬼との未来を子ども達に託し、最後の力を振りしぼって丑を橋に封印した後、源頼光は半永久的な眠りに就いたのだった。

＊＊＊

酒呑童子が死んだ後、鬼童丸は夜な夜な都に出向くようになった。

鬼の仲間達は率いず、単独での行動だった。

宿敵である源頼光とそれ以外に
本能的に何かを探して回っていた。

(何で頼光は、親父を殺した時に一緒に俺を殺さなかったんだよ！　人間の女を喰わないと死ぬような呪いまでかけやがって！)

父を殺してすぐに、頼光からおかしな呪いをかけられていることを聞かされた。

酒呑童子なき鬼の里は混乱を来たしており、復興するためにしばらく時間を要するだろう。

死ぬのが分かっていたのかと言わんばかりに、酒呑童子からは遺言状が残されており、鬼童丸が鬼の頭領の座におさまった。

けれども、どこか納得がいかなくて、真意を問いただしたくもあり、鬼童丸は頼光のことを探し続けていた。

ある意味、死に場所を探してもいたのだが、結局頼光の姿はどこにもなかった。

「くそっ」

もういっそ全てを放棄したい。

鬼の頭領という、無理矢理生きる理由を押し付けられて……

母を不幸に追いやった自分に生きる価値なんてないのに……

同時に、どうしてあそこまで自分が憎まれなければいけないんだと、ふつふつと怒りが湧き上がり悲しみとないまぜになることがある。

全てを捨てたいのに……

だけど、どうしてだか死ねなかった。

『後で迎えに行ってやるから……』

誰かと何かの約束を交わしたような気がする。

けれども、母が死んだ前後の記憶が曖昧で、まるで白い靄《もや》がかかったかのように思い出そうとすると消えていく。

……黄金色の瞳の女。

それだけが確かな記憶だった。

自分が何に飢えて、何を渇望しているのか分からないまま、鬼童丸は何者かと交わした約束を果たすために――生き延びるため、おそらく――呪いのせいで欲するようになった女性を探し続けることになったのだった。

＊＊＊

それから、十五年近い時が経った。

鬼として目覚めてしまった丑御前は、生き血を啜る鬼となった。

そのため、兄・頼光によって、橋の下を流れる川沿いの祠《ほこら》に封印されていた。

丑御前は、人には姿が見えないように呪を施されており、呪いの鎖に繋がれたまま十五年近い時を過ごしていた。

人を喰らうことなく、ひたすら川の水と生えた草を喰らって生き延び続けた。そのせいか、相変わらず肉はつかずに手足は細く、肌色は青白かった。けれども生える金色の髪だけは、まるで血でも通っているかのように、なぜか艶やかだった。

解呪に何度か挑戦したものの、あまりにも強固であり、すっかり諦めて過ごしていた。

しとしとと降る雨の中、橋の下に、傘を差した美女が現れる。

「ねえ、丑御前」

「何だ、また会いに来たのか、紅葉」

丑御前の元に現れたのは、すっかり大人になった紅葉だった。赤みがかった黒髪に、キリリとした吊り目に、すっきりとした顔立ち、山吹色の着物を纏《まと》っており、凛とした佇まいをしている。

丑御前の近くまで歩んできた彼女は、そっと傘を閉じた。

「ねえ、丑の好きだっていう女性、鬼童丸様の花嫁になったらしいじゃない？」

丑御前がぴくりと反応すると、じっと紅葉のことを見上げる。

「丑は、その女のことが好きなんでしょう？」

「ああ、僕の運命の女性だ。ずっと探していた。しかも、初対面の僕に対して、あんなにも優しくしてくれて、あまつさえ、食べ物まで分けてくれた。そんな子は、あの子が初めてだったんだ！」

紅葉の顔が一瞬だけ歪んだ後、瞼を閉じる。そうして、胸の前でギュッと着物を握った後、ゆるりと瞼を持ち上げると気丈に続けた。

「だったら、簡単な話ね。私は元々鬼童丸様の許嫁なわけだし、貴方は花嫁のことが好き。だから、利害は一致しているわ」

丑御前が眉を顰《ひそ》めた。

「紅葉、何が言いたい？」

紅葉が妖艶《ようえん》な笑みを浮かべる。並みの男達ならば、簡単に彼女の言いなりになってしまうだろう、そんな笑みを。

「私達、子どもの頃みたいに手を組みましょうよ、二人の仲を引き裂くのよ」

他の男達ならば簡単に魅了されるだろう紅葉の微笑みだが、あやめを手に入れることしか眼中にない丑御前には効果が全くなかった。

しばらく黙っていた丑御前だったが、ゆるりと口の端を吊り上げる。

「分かった。ただし、僕のことを裏切らないと誓うだろうな？」

紅葉の表情が一瞬だけ強張った。自身を奮い立たせるかのように、彼女は自身の髪をかき上げると力強く告げた。

「ええ、勿論よ」

橋の下の水が昨晩の雨のせいで勢いを増し、轟々と激しく音を立てていた。

それはまるで暗澹たる未来を予見している音色のようでもあった。

＊＊＊

鬼童丸が鬼として覚醒してからの十五年間。頼光は、鬼童丸と丑御前に呪いを施した反動でこんこんと眠りに就き、時折目を覚ますことを繰り返していた。

あやめの瞳の色は、呪いに巻き込まれた結果、妖のように黄金に輝いていた。

爛々《らんらん》と光る瞳の色を見ても、母親であるさくらは優しかった。

どうして我が子を呪いに巻き込んだのか？

……それも人ではなく鬼と強制的に運命の番《つがい》となりかねない呪いを。

だけど、さくらがそんな風に頼光を責めることは絶対になかった。

『どうか、この子の番《つがい》となるだろう鬼の頭領が、わたしにとっての頼光様のように優しい人でありますように』

そんな風に祈ってくれた優しいさくら。

呪いの反動で眠りに就いてしまったために、さくらとあやめに会うことはできなくなってしまった。

愛おしい者に会えないなどと死にも近しい拷問のようなものだったが、それでもあの場の混乱を収めるには、あの方法しかなかったのだ。

『すまない、さくら、あやめ』

そうして、時々目を覚ました際には、二人がひもじい思いをしないように、四季折々に文《ふみ》を出し、朝廷から賜った褒美を贈ることしかできなかった。それだけでは援助が不十分であることも百も承知だった。

だが、呪いのせいで身動きのできない身体ではそれ以上の支援をすることができなかったのだ。

二人の幸せを遠くで祈ることしかできない歯がゆい日々を送っていた。

だが、ついに呪いが解ける日が来る。

『兄者、参りましたよ』

丑御前が現れた。

どうやら、先に丑御前にかかった呪いから解けたようだ。

彼は解呪のための強大な力を身につけ、頼光の呪を解きに来たのだ。

彼の側には美しき鬼女・紅葉の姿もあった。

『さあ、いきましょう、我ら兄弟で、大切なあやめ姫を攫った憎き鬼童丸を滅するのです』

愛らしく笑う少年の姿はそこにはなかった。

その後、頼光は、丑御前と紅葉が鬼の里へと入るのを見送った際に離れた。

＊　＊　＊

そうして、現在に戻る。

（鬼童丸、どうかあやめを幸せにしてやってほしい。私はこれから先、丑と共に罪滅ぼしをしていこう）

頼光は丑御前を背負ったまま、大江山を下っていた。

木々の隙間から煌々とした陽が差し始める。

二人の背後の茂みがざわざわと揺れ動いた。

「丑！」

茂みの向こうから現れたのは、女鬼である紅葉だった。

いつもは綺麗に流している髪も今はくしゃくしゃに乱れている。

泣き崩れてぼろぼろになっていた丑御前が問いかける。

「どうして紅葉はいつも僕のところに現れるんだ？　君は鬼童丸が好きなんだろう？」

「そんなの決まってるじゃない」

ふいっと紅葉が視線を逸らした。髪を手で撫でつけながら整えており、頬は心なしか朱に染まっている。

「…………？」

丑御前はよく分かっていないようで、疑問符が何個も浮かんでいるようだった。

そんな若い男女の二人を見ながら、頼光は目を眇《すが》めた。自分の若い頃を思い出して、なんとなく懐かしく感じる。

『家族三人で海を見にいきましょう』

さくらの言葉が頭に浮かんでくる。

叶えられなかった夢だ。

けれども、もしも叶うのならば……

「さくらの遺志を継いだあやめと共にこの景色を見たいものだな」

頼光は、ポツリと周囲に聞こえるか聞こえないかぐらいの音量で呟いた。

「これからは兄弟で死者達を弔いながら生きていこう」

「兄者」

まるで幼少期に戻ったかのように丑御前が顔をくしゃくしゃに歪めた。そんなやるせない表情を浮かべた丑御前を見かねて、紅葉は彼の身体を支える。

「鬼に喰われたものも、お前が喰ってきたものも、鬼も……全て——幸せになれるように」

その時、一筋の陽光が頬を照らす。

三人で光の方へと視線を向けた。

遠くに見える海の向こうから太陽が顔を覗かせる。

ゆらゆらと海にも消えぬ炎のようにも見えた。

まるで、まばゆい光が自分達の行く末を知らせてくれているかのようだった。

結　姫、鬼とつがう

丑御前襲来からしばらく経ち、雪解けがはじまった。

大江山には、山吹や壇香梅《だんこうばい》、田虫葉《たむしば》などが咲き始めている。

茨木童子をはじめ、橋や八瀬童子達――鬼達はまた普通の生活へと戻っていった。

あやめは、仲の悪かった紅葉とも少しずつ話せるようになってきていた。時折ふらりと旅に出る癖でもあるのか、旅先で買ったものをあやめに分けてくれることもあった。

源頼光と丑御前の行方は今も知れない。

いつかまた会って、亡くなった母さくらについて父と語り合えたら、とても良い供養になるだろうと思っている。

そうして、様々なことが片付いてから、鬼道丸とあやめの二人は改めて祝言を上げることになった。

食事の準備は勿論あやめである。

鬼達が摘んできてくれた橘の皮を包丁で剥いて飾る。

「林檎を椿の花に見えるようにして」

白い様器の上に盛り付けていく。

橘の鮮やかな橙色と覆盆子《ふくぼんし》の紫がかった赤、桑の実色をした郁子《むべ》の実。

それらがまるで華のように競演している。

「できた！」

あやめは額の汗を拭った。

「北の方様、すごいよ、この果実達、まるでお花が咲いてるみたいだよ！」

「八瀬さん、ありがとうございます」

橋がちょうど姿を現すと、青白い顔にやつれた笑顔を浮かべながら続けた。

「あやめ様、お着替えの時間ですよ。十二単の準備は時間がかかりますので、こちらへどうぞ」

「ありがとうございます、橋さん」

あやめは台盤所《だいばんどころ》の外へと向かう。息が白く空気に溶け込んでいく。

離れに準備された十二単の豪華絢爛さに心が弾んだ。

一枚一枚袖を通していくと肩にズシリと重しが乗ったように重くなっていく。庶民の纏《まと》う袿《うちぎ》や普段着である小袖《こそで》とは比べ物にならないぐらいの重さだ。名前と同じ菖蒲《あやめ》色の唐衣をそっと羽織らされた。

鏡の前に準備された椅子に座る。橋が器用に筆で化粧を施してくれた。

「まあまあ、元々が可愛らしいから、たいそう美しくなりましたわ」

「橋さん、ありがとうございます」

喜色に孕んだ声を上げる橋を見ていると、むずがゆい気持ちになった。

そっと彼女に手を借りて立ち上がる。

大納言の孫娘であるため、貴族の娘は娘なのだが、まるで御伽草子の中、貴公子に愛される姫君のようで心が弾んだ。

橋に手を引かれながら簀子縁《すのこえん》をゆっくりとした足取りで進む。外はまだ雪が残っている。雪解け水の心地よい音を聴きながら前方へと進んだ。板がまだ冷たいので、足袋を履いているが足裏が少しだけ痛い。

雛飾りのような台座の上に案内されると、椅子に座って相手を待った。

（鬼童丸さん、そろそろ来るのかしら？）

鬼達の手によって簾が引き上げられる。

庇《ひさし》に頭を打ちそうなほど長身の男性が姿を現した。

勿論、鬼童丸だ。

わりと衣服が乱れていることの方が多いのだが、今日はきっちりと黒い束帯《そくたい》を着こなしている。

元々の見た目が整っているため、綺麗にすれば、貴族の公達もかくやといった見た目だ。

（あ……）

いつもと違う夫の姿に、あやめの心の臓が跳ねて落ち着かない。

隣に鬼童丸がドカリと腰かけた。粗野な動作はやはり普段のものなので、本人だなと妙に安心してしまった。

「かったるいのは苦手なんだがな。あやめのためなら仕方ねえ」

「ありがとうございます」

そうして、京の都の貴族達が行っているのと同じように、婚儀が進んでいった。お互い、両親はもういないに等しいので、鬼達が代わりに色々と口上を述べてくれたのだが、慣れないようだった。結局、いつもの宴のようになってしまい、あやめはクスクスと笑いを零してしまった。

「それでは、鬼童丸様の奥方様になられるあやめ姫ご本人が作られた御料理の披露にございます」

橋が口上を述べる。彼女の後ろからお膳を持った小鬼達が、ずらずらと現れた。

そうして、鬼童丸とあやめの前に、朱塗りの大盤をそれぞれ並べていく。大盛の強《こわ》飯《いい》の周囲に四種器《よぐさもの》が並ぶ。他にも茄子の醤漬《ひしおづ》け、カブのあつもの、あやめが先ほど自分で作った干物や生物が並び、牛乳を煮詰めて作ったほんのり甘い蘇《そ》も添えられている。

形式的な食事はそれらで、他にもたくさんの料理が準備されていた。

「今日は皆さんも色々な料理が楽しめるようにと、腕によりをかけて頑張りました」

「人間界の方でもあんまり見ない食べ物があるな」

鬼童丸の声かけに対して、あやめが喜々として返した。

「ええ、こちらは鶏の卵を作って作りました酢飯の上に卵を載せ、更に赤身魚を散らしたものにございます。卵を使わずに刺身だけを盛りつけた海鮮丼もございますよ」

「美味しそうですね～」

のんびりした口調で興味を示したのは、茨木童子だった。

「鬼童丸様の得意の焼魚もございますし、白身魚の刺身の盛り合わせもございますよ」

白い様器の上、白身魚を放射状に並べた上に、白髪ねぎと菊花を飾った。

「婆が捕まえました、ほほ、ほほほ」

鬼婆が幸せそうに笑んでいる。

最後には、先刻作った花のように見える果物達が並んだ。

多種多様な食事を前にして、鬼童丸が喜色めいた。

「お！　今日はいつになくうまそうじゃねえか、あやめ、さすがだな」

「お褒めいただきありがとうございます。色々な具材を混ぜ込んだおにぎりもございますよ」

心底嬉しそうに頬を緩ませる夫の姿を見ると、あやめの心が弾んだ。

そうして、箸と膳を持って、鬼童丸や鬼達が食事をする。

豪華絢爛な食事に囲まれ、皆幸せそうだ。

「旨いな！」

頭領の言葉を継いで、鬼達もわいわいとはしゃいだ。

「これは本当に旨いですね～」

茨木童子の後、橋が続ける。

「さすが、あやめ様。鬼に染みる食べ物にございます！」

「普段の料理も美味しいけれど、こちらは格別だよ」

八瀬童子が嬉しそうに告げると、ツンとした態度で紅葉が続けた。

「これ、毎日食べたいけど、お祝いごと限定なの？」

皆の嬉しそうな表情を見ていると、あやめの心もどんどん温かくなっていく。

隣に座った鬼童丸の裾をちょんちょんと引っ張った。

「こんなに面白い祝言になるとは思っておりませんでした、鬼童丸さん、ありがとうございました」

「お前が嬉しそうなら、何よりだ」

目を眇《すが》めて微笑む夫の姿を見ると、胸が疼いた。

（皆も幸せそうで本当に嬉しい）

あやめの心には一足早く春の風が吹いていた。

どんちゃん騒ぎが続く中、外を見やればもうすっかり月は頂上にかかろうとしていた。

あやめの耳元で鬼童丸がそっと囁く。

「そろそろ抜けるか」

「主役二人が抜けても大丈夫なものなのでしょうか？」

あやめが見上げると、鬼童丸は悪戯を思いついた子どものような笑みを浮かべている。

「なに、俺達がいようがいまいが、皆騒いでるんだ。放っておけ。さあ、行くぞ」

「きゃっ」

言うが早いか、あやめの身体は鬼童丸に軽々と横抱きにされてしまう。

彼の言うように、鬼達は主不在に気付く様子もない。

そうして、寝所に向かって鬼童丸が歩を進める。

(今日は初夜。元々、私は鬼童丸さんに食べられるっていう話になってる)

喰われる前提で娶《めと》られたわけで、この婚儀までは何もされずに過ごしてきたけれど、

今晩いよいよ……

あやめがそんな想像を膨らませていると、そっと耳元に彼の唇が近づいてきて吐息がかかって、ドクンと大きく鼓動が跳ねた。元々色香の強い声調なのに、今日はやけに艶めいて感じるのは初夜だからだろうか。

「あやめ」

「……はい」

鬼童丸から熱を孕んだ声音で告げられる。

「今からお前を喰うのが楽しみだ」

あやめの頬がかあっと朱に染まる。鯉のように口をパクパクさせたまま、それ以上は何も言えなくなったのだった。

母屋《もや》の中にある御帳台《みちょうだい》の下。

あやめは改めて緊張して過ごしていた。

少しだけ御簾《みす》を上げて、二人して空を眺める。

流れる雲に、月が隠れたり顔を出したりしていた。

「あやめは、ますます料理の腕を上げたよな。刺身や果物が花みたいに飾ってあって、感動しちまった」

「盛り付けも華やかな方が楽しいかなと思いまして。これから先も、鬼童丸さんの胃袋を鷲掴みできるような料理を続けていきたいなと思ってます！」

「そうか」

鬼童丸が蕩けるような笑みを浮かべてくるものだから、あやめの胸がきゅうっと疼いた。

「さて、いよいよ初夜だが、自分で三日夜《みかよ》の餅を作る女ってのも粋だな」

「粋でございますか？」

「ああ、間違いねえ、そんな面白い女は、古今東西探しても、お前ぐらいなもんだよ」

「誉め言葉として受け取っておきますね」

そうして、二人してしばらくだんまりになる。

「そういやあ、丑を退治した後に、何か言いたいことがあるって言ってたよな」

「そういえば、丑さんが倒れた後、何か言いたいことがあるって仰っていましたね」

二人して同じような話を切り出したので、顔を見合わせてクスクス笑い始めた。

せっかくなので、あやめの方から話を切り出した。

「丑御前さんと会話した時に、実は思い出したことがあるんです」

「ああ、あやめもか」

「鬼童丸さんも？」

「ああ」

そうして、鬼童丸がポツポツと語り始める。

「俺は、母親を亡くした前後の記憶が曖昧でな。頼光からおかしな呪いをかけられたのも、ちょうどその時のはずなんだが、わりと記憶が欠落していることがある。だが、このあいだ、丑と再会して思い出したことがあるんだ」

「私に料理番になれと言ったことでしょうか？　私も、あの時褒めてもらったことは漠然と覚えていて、周囲に何と言われようとも頑張ってこれました」

「そうか、良かった。それでだ、実は呪いに関して気付いたことがあるんだが、お前の方はどうだ？」

「呪い？」

きょとんとするあやめを見つめた後、鬼童丸が首を横に振った。

「いいや、結構な惨状だったから、無理に思い出す必要はないさ」

「……？」

「とにかく俺はお前のことをずっと探していた。呪いの影響もあったが、それとは関係なくな」

鬼童丸はしばらく帳《とばり》を上げて夜空を眺めていたが、半蔀《はじとみ》と御簾《みす》を降ろして帳《とばり》を垂らすと、近くの灯台の火をふっと吹き消した。

周囲が暗闇に包み込まれる。

(すごく緊張してしまう)

あやめの心臓が破裂しそうなほど高鳴っていく。

鬼童丸が黒い縫腋袍を脱ぎ捨てる。

そっと頬に鬼童丸の硬い指の腹が触れてくると、黒髪を背に払われる。

彼女の纏《まと》っていた紅梅の小袿《こうちぎ》を、彼が肩から落とす。

ぱさりと彼の袍の上に重なり合った。

互いに単衣《ひとえ》姿になると、羞恥であやめの頬がどんどん火照っていく。

「なあ、あやめ、勘違いしないでほしいことがある」

いつになく甘くて低い声音だ。

「何でしょうか?」

「呪いがきっかけで、生存本能からお前を欲しくなっちまったのは間違いない。だがな……」

彼が彼女の単衣《ひとえ》の帯をしゅるりと解いていく。

「もうそんな呪いなんて関係ないぐらい、俺はお前の飯に餌付けされて、そうしてお前に心底惚れちまったんだよ」

一度、軽い口づけを、彼が彼女に落とした。

「鬼童丸さん、私も最初は怖いと思っていたけれど、人間よりも純粋な貴方の心に触れることができて、そんな貴方に手料理を振る舞うことができて、本当に幸せです」

「俺もだよ、あやめ。これからもずっと俺に旨い料理を振る舞ってくれよ。愛している、俺だけの姫」

鬼童丸があやめに——今までで一番優しい口づけを施す。

そうして、夜の帳《とばり》の中、二人の影が二つに溶け合った。

その夜、愛を確かめあいながら、人間と鬼の二人は本当の夫婦になったのだった。

＊　＊　＊

結ばれた後、疲れて眠るあやめの頬に、鬼童丸はそっと口づけを落とす。

「あやめ」

鬼童丸の心は今までになく満ち足りていた。

それは、あやめと結ばれたことで呪いが解けたからではない。

「俺にかかっていた、頼光の呪いは、もうとっくの昔に解けてたんだ」

そう、母を失った際の記憶が蘇ったことで、鬼童丸は大切なことを思い出した。

鬼童丸の妖術が暴走した時、頼光の呪いに巻き込まれていた。

『いたいの、かわいそう、あやめの、たべたら、なおる……？』

その時、あやめが放った言葉が呪いの一部になった。

鬼童丸は、名前を思い出せなかったが、その少女を喰わないといけない。そう思って、相手を探して回っていたのだが……

「あの時のあやめは、おそらく、俺に自分の作った飯を食べたらどうかと聞いてきてたんだろう」

そう、呪いはおそらく、「あやめを喰う」のではなく、「あやめの作ったご飯を食べる」という意味だったのだ。

だからだろうか、最初にあやめが鬼童丸におにぎりを食べさせてくれた時、血が滾《たぎ》るような感覚があった。

「おそらくあの時から徐々に解呪されていっていたはずだ」

つまり、鬼童丸があやめにどんどん惹かれていったのは、呪いのせいではなく……。

「あやめ、これからもずっと、俺に旨い飯を食わせてくれよ。勿論、お前のことも喰わせてもらえるんなら、最高だけどな。愛してる」

鬼童丸は枕元に贈り物として準備していた櫛《くし》と手紙を置くと、あやめに優しく口づけた。愛らしいあやめの花の飾りが、月光に照らされて、二人に愛らしく寄り添っていたのだった。

＊＊＊

こうして、身も心も夫婦になり永く生きることになった二人。

以降も、仲間の鬼達と一緒に人間界のご飯を作っていき、人間と鬼の共存のための懸け橋として役割を担い続けたという。

そうして、二人の子孫達が、今も日本のあちこちに溶け込んで暮らし、楽しくご飯を食べていると伝えられている。

【主な参考文献】

「平安大辞典」倉田実　朝日新聞出版
「有職故実便覧　王朝文化ビジュアル案内」八条忠基　淡交社
「平安時代もの こと ひと事典」砂崎良　朝日新聞出版
「見て楽しむ 平安時代の絵事典」成美堂出版編集部　成美堂出版
「古典がおいしい！　平安時代のスイーツ」前川佳代、宍戸香美　かもがわ出版
「歴史ごはん 食事から日本の歴史を調べる　平安〜鎌倉〜室町時代の食事」永山久夫、山本博文　くもん出版
「大迫力！　日本の鬼大百科」朝里樹　西東社
「鬼完全図鑑」小松和彦　東京書店
「図解呪術大全」ライブ　カンゼン
「日本の装束解剖図鑑」八条忠基　エクスナレッジ
「きもの語辞典　着物にまつわる言葉を イラストと豆知識で小粋に読み解く」岡田知子　誠文堂新光社
「建築知識２０２３年９月号 和風住宅全史」エクスナレッジ

「すべては姿かたちにあらわれる！　日本の歴史生活図鑑ビジュアルブック」山田康弘　東京書店
「あたらしい平安文化の教科書　平安王朝文学期の文化がビジュアルで楽しくわかる、リアルな暮らしと風俗」承香院　翔泳社

唯一無二のあなたを

一生愛する

幕府を倒した新政府のもとで鬼の討伐を任される家に生まれた桃矢は、お家断絶を避けるため男として育てられた。しかししばらくして弟が生まれ、桃矢は家から必要とされないばかりか、むしろ、邪魔な存在となってしまう。今更、女にも戻れず、父母に疎まれていることを知りながら必死に生きる桃矢の支えは、彼女の「使鬼」である咲良だけ。桃矢は咲良を少女だと思っているが、咲良は実は桃矢を密かに熱愛する男で——実父によって死地へ追いやられていく桃矢を、唯一護り助けるようになり!?

◉定価：770円（10%税込）　◉ISBN：978-4-434-34653-8

◉Illustration：woonak

◉定価: 770円(10%税込)　◉イラスト:京一　ISBN:978-4-434-34342-1

小春りん
Lin Koharu
鎌倉お宿のあやかし花嫁
1~2

世界一幸せな偽りの結婚

理想の令嬢と呼ばれる眞宮《まみや》子爵令嬢、奏子《かなこ》には秘密があった。それは、巷で大流行中の恋愛小説の作者『槿花《きんか》』だということ。世間にバレてしまえば騒動どころではない、と綴る情熱を必死に抑えて、皆が望む令嬢を演じていた。ある日、夜会にて憧れる謎の美男美女の正体が、千年を生きる天狐の姉弟だと知った彼女は、とある理由から弟の朔《さく》と契約結婚をすることに。仮初《かりそめ》の夫婦として過ごすうちに、奏子はどこか懐かしい朔の優しさに想いが膨らんでいき——!?　あやかしとの契約婚からはじまる、溺愛シンデレラストーリー。

定価：本体770円（10%税込み）　ISBN978-4-434-33895-3

イラスト：もんだば

この作品に対する皆様のご意見・ご感想をお待ちしております。

おハガキ・お手紙は以下の宛先にお送りください。

【宛先】

〒150-6019 東京都渋谷区恵比寿4-20-3 恵比寿ｶﾞｰﾃﾞﾝﾌﾟﾚｲｽﾀﾜｰ 19F
（株）アルファポリス　書籍感想係

メールフォームでのご意見・ご感想は右のＱＲコードから、
あるいは以下のワードで検索をかけてください。

アルファポリス　書籍の感想　検索

ご感想はこちらから

アルファポリス文庫

鬼《おに》の頭領様《とうりょうさま》の花嫁《はなよめ》ごはん！

おうぎまちこ

2024年10月31日初版発行

編　集－木村 文・大木 瞳
編集長－倉持真理
発行者－梶本雄介
発行所－株式会社アルファポリス
〒150-6019 東京都渋谷区恵比寿4-20-3 恵比寿ｶﾞｰﾃﾞﾝﾌﾟﾚｲｽﾀﾜｰ19F
TEL 03-6277-1601（営業）　03-6277-1602（編集）
URL https://www.alphapolis.co.jp/
発売元－株式会社星雲社（共同出版社・流通責任出版社）
〒112-0005 東京都文京区水道1-3-30
TEL 03-3868-3275
装丁イラスト－ななミツ
装丁デザイン－AFTERGLOW
印刷－中央精版印刷株式会社

価格はカバーに表示されてあります。

落丁乱丁の場合はアルファポリスまでご連絡ください。

送料は小社負担でお取り替えします。


ISBN978-4-434-34343-8 C0193